Japon, 2011. Jona a trente ans, il est artiste, anémique, androgyne, c'est un promeneur entre les sexes. Sa vie est marquée par la quête de rencontre, l'ardent désir d'un Toi. Depuis que Chantal, son « amante rhapsodique », a disparu du jour au lendemain, il est obsédé par l'idée de la retrouver. Il part pour le Japon à la recherche de cette femme de vingt ans plus âgée que lui. Après une nuit d'amour désespérée, il vit dans un gratte-ciel le grand tremblement de terre du Tōhoku, puis marche seul dans les rues de Tokyo tout d'un coup immobilisé et voit sur un écran géant le tsunami, qu'il prend pour une fiction cinématographique jusqu'à ce que, peu après, se propage la nouvelle de la catastrophe nucléaire.

Philipp Weiss est né en 1982 à Vienne. Il a suivi des études de langue et civilisation allemandes et de philosophie. Il est l'auteur de pièces de théâtre qui lui ont valu plusieurs distinctions. *Le Grand Rire des hommes assis au bord du monde* est son premier roman.

PHILIPP WEISS

LE GRAND RIRE DES HOMMES ASSIS AU BORD DU MONDE

ROMAN

Traduit de l'allemand (Autriche)
par Olivier Mannoni

SEUIL

Titre original : *Am Weltenrand sitzen die Menschen und lachen, Jona Jonas, Terrain vague, Erzählung*
Éditeur original : Suhrkamp Verlag, Berlin
ISBN original : 978-3-518-42817-7

ISBN 978-2-02-141933-7

www.seuil.com

Jona Jonas

Terrain vague

RÉCIT

Première partie

« Chotto matte kudasai. Kudasai ! *Lentement maintenant. Je comprends bien, Jona ? Tu voyages pour une femme qui ne t'a plus donné de nouvelles depuis des mois, pire encore : qui a purement et simplement disparu – ni vu ni connu, et* ciao, sayōnara –, *sans même juger utile de te laisser ne fût-ce qu'un seul mot – pas de roses, pas de valises pleines de dollars, pas de chewing-gum recraché, rien ! – c'est pour une femme comme celle-là que tu voyages autour du monde là où, comme on le sait généralement, une autre tout aussi bonne, non, plus photogénique, plus jeune, plus chaude, est installée dans n'importe quelle cuisine à nouilles miteuse ? Sais-tu ce que tu es ? Non ? Non ? Je vais te le dire : Un héros, Jona ! Exceptionnel ! Une idole ! Adonis ! Merci ! C'est ça, l'amour ! C'est ça ! Pas de fourbi post-romantique. Pas de* anything fucks *post-érotique. Non ! Mon petit oiseau a pris sa volée ! Tralala ! Amour fou, Jona ! Amour fou ! Grand art ! Il ne court pas à cause d'une catastrophe. Ne massacre pas son chapeau pour un petit désastre. Un fiasco ici, un enfer là. Un drame, une ruine intérieure ? Et alors ? Il ne soupèse pas. Ne compense pas. Non ! Au lieu de cela, il fait le tour du monde pour cette femme, comme ça. Je n'arrive pas à y croire !* Ero guro, Jona. Ero guro nansensu. *Admirable ! Tu sais quoi ? J'aime beaucoup plus les hommes auprès desquels je me réveille le matin sans être forcée de me décider : Maintenant, c'est à lui ou à moi que je tire une balle dans la tête. Lui ou moi ? Ou nous deux ? Et qui le premier ? Moi d'abord ? Non, ça ne va pas. Lui d'abord ? Non, c'est tristounet. Et puis je dis : Allons, quoi ! Viens, sale bête, baisons, mais en vitesse ! Tu sais, je trouve qu'il n'y a rien de pire que cette gentillesse qui prospère partout, ces roucoulades émouvantes. Ah, mon trésor. Oui, mon trésor. Je t'aime, trésor. Bisou, bisou, écœurant ! Tu sais quoi, Jona ? Amour fou ! C'est admirable ! Je te félicite ! » dit Abra, elle leva son verre de champagne et le vida d'un trait.*

Au-dessus de la tête il n'y a pas de toit ;
Et sous les pieds, pas de sol.
KUOAN SHIYUAN, XIIe SIÈCLE

– 1 –

Je n'ai vécu pareil silence qu'une seule fois auparavant.

C'était dans le désert glacé de l'Arctique groenlandais, à la lisière septentrionale du monde, lors d'un voyage à Siorapaluk, cet ultime village de la zone habitable, après lequel il n'y a plus que de la glace, de la glace et, à un peu plus de 1 000 km, le pôle Nord. Dans cette zone où le soleil, pendant les quatre mois de nuit polaire, ne s'élève pas une seule fois au-dessus de l'horizon, dans un secteur qui reste pendant des semaines plongé dans une obscurité totale. C'était un silence que je ne connaissais pas, un silence qui absorbait tout, tellement absolu que la panique s'empara de moi, une angoisse à l'état pur, car je crus physiquement inspirer le néant, une absence à la base de tout et dans laquelle je me sentais plus seul que jamais. Cette saison-là, la glace ne se déplaçait presque plus, il n'y avait pas de vent, l'air tintait de froid et de clarté, la terre avait cessé de tourner, elle s'était figée. J'étais livré sans protection à ce silence et même les nombreuses couches de vêtements et autres housses en peau d'ours que je m'étais fait prêter par un chasseur inuit et qui étaient censées me protéger du froid ne pouvaient rien lui opposer.

Je n'étais pas seul. Chantal était là. Elle se tenait à côté de moi ; je commençai ainsi à me libérer de ma torpeur et, d'un geste gauche, à m'agripper aussi fermement à elle que je le pouvais. Mais elle aussi était comme ensorcelée par ce vide, absente, hors de ma portée. J'avais beau la secouer, lui parler à voix basse, cela ne servait à rien. Je crois que mes larmes ont gelé sur mes joues. Chantal, que j'avais mis du temps à convaincre de m'accompagner dans ce voyage, paraissait à présent engloutie par ce monde dans lequel, comme elle le dit un jour, la pensée devient cristalline et transparente jusqu'à ce qu'elle aille au-devant de sa propre dissolution. En très peu de temps, elle adopta l'usage des autochtones : se taire pendant de bonnes parties de la journée, souvent pendant des heures. Je regrettais de l'avoir emmenée.

C'est une commande de photos qui m'avait conduit au Groenland, sur cette île, la plus grande du monde, qui, hormis quelques bandes côtières, est intégralement recouverte d'une couche de glace de plusieurs kilomètres d'épaisseur. Pendant quelques jours, j'accompagnai une équipe de chercheurs dans l'un des fjords situés à l'ouest de l'île ; ils étudiaient la raison pour laquelle la fonte de la glace provoquée par le réchauffement climatique se déroulait plus brutalement que ne l'avaient laissé prévoir toutes les simulations réalisées jusqu'alors. Les pronostics déjà pessimistes des modèles précédents avaient été dépassés dans des proportions effrayantes, car la recherche, l'un des scientifiques l'avoua de bonne grâce, était encore à peine capable de comprendre l'interaction fragile et complexe des masses de glace, de la terre ferme qui se trouvait en dessous, de l'air et de la mer. D'autres études étaient consacrées à la question de savoir quels effets allait produire la fonte des glaces sur le niveau de la mer, et les inondations catastrophiques qui en découleraient sur les régions côtières de ce monde.

Nous fîmes en hélicoptère, en traîneau à chiens et en bateau nos parcours autour de l'île et sur la glace. Une glace qui, contrairement à ce qu'on pourrait supposer, n'est pas du tout une forme figée, mais une entité mobile et en transformation, prise dans un mouvement constant, quoique très lent, entre les surfaces et la profondeur, et depuis le centre de l'île vers les fjords, jusqu'à ce que les glaciers vêlent, comme on le dit, c'est-à-dire jusqu'à ce que les icebergs, ces géants, se brisent sur leur front glaciaire et aillent se précipiter dans la mer en produisant un tonnerre assourdissant.

C'était un matin du mois d'août, près du fjord glacé d'Ilulissat, à environ deux cent cinquante kilomètres au nord du cercle polaire, dans une région où l'on compte plus de chiens de traîneau que d'êtres humains, alors que nous évoluions sur un petit navire non loin du front glaciaire, en direction du nord, pour visiter dans les secteurs plus éloignés de l'île une marmite glaciaire où l'on devait effectuer quelques mesures. Le soleil était bas, se déplaçait à peine et plongeait dans une lumière chaude et indifférente le glacier Sermeq Kujalleq, ce glacier qui avait autant fondu au cours des dernières années que pendant les cinq mille années précédentes. Autour de nous dérivaient des icebergs, créatures abstraites, absurdes cathédrales qui, même s'ils émergeaient à plusieurs centaines de mètres au-dessus de la surface de l'eau, pouvaient dériver comme de petits bateaux en papier dans ces lieux où la mer avait mille mètres de profondeur. Fasciné, captivé par ces imposants fragments de glace, je pris des dizaines de photos avec mon vieil appareil. L'un des chercheurs nous expliqua que les montagnes nageaient jusqu'à ce qu'elles touchent le fond sur les sédiments des moraines, se brisent sous la pression des géants qui les suivaient, pour prendre la direction du sud par le détroit de Davis.

J'étais en train de photographier l'une de ces structures de glace, de parler à Chantal, insouciant et heureux, de l'informer que telle forme me faisait penser à un monstre archaïque, telle autre à Dalí, telle autre encore à la Philharmonie, à Berlin, quand un coup de tonnerre retentit dans le silence, un grondement, un tremblement, comme un orage sorti du néant, un vacarme d'apocalypse – le mot qui me vint à l'instant de la première terreur – auquel succédèrent les cris d'autres passagers, puis la voix de Chantal qui hurlait mon nom, me tombait dessus et me pressait au sol sans que je comprenne ce qui était en train de se passer. Je heurtai de l'épaule le cadre de la porte qui menait à l'intérieur de la cabine et une douleur me parcourut le bras jusqu'au bout des doigts. Puis il y eut de nouveau du bruit, des cris, une sorte de tempête de grêle, des morceaux de glace qui claquaient bruyamment contre le bateau. Je tentai de lever les yeux, mais le sol vacilla en dessous de moi, si bien que je fus heureux de pouvoir m'appuyer à la paroi de la cabine pour ne pas dévaler, comme je le craignais, tantôt vers le bas et l'intérieur du navire, tantôt par-dessus la rambarde. Je me tins des deux mains aux parois, aux barres, à Chantal, jusqu'à ce que je parvienne à me retourner, à la regarder et à constater avec un certain effroi que son visage avait perdu toute couleur. Elle avait la lividité d'un cadavre. Et tandis que le navire continuait à se balancer sous l'effet des vagues virulentes, je vécus l'un de ces rares moments où le sentiment de protection et de sécurité vous subjugue. « Il ne s'est rien passé, dit Chantal. Rien passé. »

C'est au bout de quelques minutes seulement, lorsque les vagues se furent de nouveau calmées, que nous pûmes nous lever et regarder autour de nous. Une dizaine de personnes se tenaient au bastingage, immobiles et incrédules, regardant fixement cet iceberg qui s'était détaché et dérivait désormais paisiblement loin de notre navire, ce à quoi l'on ne pouvait pas s'attendre en cette saison où le froid aurait dû interrompre le vêlage du glacier.

– 2 –

Lorsque j'éprouvai ce silence pour la seconde fois, il s'abattit sur moi sans le moindre préavis.

Je me tenais sur une hauteur, sur le bout de pelouse d'un petit parc, à côté d'une sculpture abstraite et d'immeubles qui s'élevaient bien au-dessus de moi, entouré de verre, de béton, de machines qui mugissaient, de masses humaines et de sirènes hurlantes. J'étais là, au centre de Tokyo, perdu, solitaire et sans idées claires sur ce qui m'avait poussé ici. Mes amis me manquaient, ils étaient très loin, hors de portée, éparpillés aux quatre coins du monde, à Oslo, en Auvergne, dans les Alpes, au bord du lac Léman, au Caire et en Patagonie. L'odeur de ma cuisine me manquait, tout comme le ronronnement de ma chatte, Ophelia, et le piano désaccordé du voisin. Chantal me manquait, bien sûr que Chantal me manquait. Je tremblais de tout mon corps, comme si j'avais froid, et pourtant je n'avais pas froid.

Un calme tendu régnait dans la rue en dessous de moi. Les gens étaient sortis de leur torpeur, ils s'ébrouaient pour chasser la terreur et la circulation reprenait elle aussi, par saccades hésitantes. Je venais de me lever de l'herbe où j'étais resté quelque temps immobile, comme hypnotisé, incapable de détourner fût-ce un seul instant mon regard des gigantesques écrans, qui, aux façades situées de l'autre côté de la rue, diffusaient en boucle des images d'horreur. Je m'en arrachai donc, testai le sol, m'assurai qu'il était au repos et qu'il me portait, tapai même du pied dessus à quelques reprises, juste pour être sûr, et pris finalement la décision de rentrer me reposer à l'hôtel.

C'est là que j'entendis ce son strident. Il était douloureux, mais sans causer de réelles douleurs, et pourtant tellement perceptible que mon corps tressaillit malgré moi et se tortilla un moment. Peut-être de la manière dont un doux contact fugitif à un endroit sensible de la peau vous fait battre en retraite. J'entendis le sifflement pendant quelques secondes, puis il disparut. Au premier instant, j'y pris à peine garde, je poursuivis simplement mon chemin, quittant la prairie pour emprunter le sentier menant des hauteurs à la rue, et ne pensai qu'accessoirement au son d'une bombe qui tombe. Mais il n'y eut pas d'explosion. Du moins, pas tout de suite. Cela aurait aussi pu être un morceau de toit, ou bien un mur que le tremblement de terre aurait détaché et qui aurait dévalé quelques centaines de mètres, ou alors un tuyau, un petit espace creux en tout cas, dans lequel l'air se serait comprimé pour produire un sifflement de ce type. Je levai les yeux vers le ciel. On y voyait quelques nuages. Alors seulement, je remarquai le silence. Il était omniprésent et atroce.

Je continuai à marcher comme si de rien n'était, sans doute dans l'espoir de chasser de nouveau ce cauchemar en n'y prêtant aucune attention. Comme ces personnages de dessin animé qui, lorsqu'ils ont quitté la terre ferme, font encore quelques pas au-dessus de l'abîme avant de remarquer en un instant de terreur l'abîme sans fond qui s'ouvre sous eux et de hurler au moment où ils tombent. Je ne m'immobilisai qu'une fois arrivé dans la rue. Je regardai autour de moi. Je vis un policier en uniforme bleu clair et en chemise noire qui tenait de ses mains gantées de blanc un mégaphone en plastique, comme un jouet, tout en battant la mesure avec son bras libre et en organisant la chorégraphie des passants qui décrivaient un large arc de cercle autour des éclats et des morceaux de verre éparpillés sur le chemin.

Un véhicule de secours roulait, très lentement, le gyrophare vacillant comme une flamme, décrivant un trajet sinueux sur la rue toujours sérieusement encombrée par les piétons et les voitures abandonnées.

Un groupe de jeunes filles en uniforme de lycéenne, frigorifiées, s'agrippaient les unes aux autres, bras dessus, bras dessous, joignant leurs mains ou se serrant mutuellement les bras pour se réchauffer ou se consoler. (Une impulsion me fit envisager un moment de leur imposer ma présence, toute proche, pour avoir ma part de leur chaleur.) Une des filles, de grande stature, sèche, deux couettes balourdes en guise de coiffure, avait l'une de ses chaussettes blanches qui avait glissé sur la cheville, dévoilant ainsi la jambe nue – le genou un peu bleu à cause du froid.

Un homme d'affaires grisonnant, perdu dans un costume trop grand, se tenait là, un peu de côté, la tête relevée vers la nuque, les yeux réduits à deux lignes. Je suivis son regard. Alors seulement je vis l'hélicoptère voler au-dessus de nous et poursuivre son chemin devant les nuages luisants, tandis que quelques oiseaux décrivaient leurs cercles, l'âme paisible. Tout cela se déroula dans un silence froid et inhumain. Comme quelques années plus tôt, lors de la projection d'un film muet de Buster Keaton dans ce vieux théâtre new-yorkais, lorsque le pianiste qui accompagnait la séance, sans doute submergé par un épuisement soudain, baissa les bras au beau milieu du film, puis la tête, tandis que les images se mettaient d'un seul coup à défiler sans bruit devant les spectateurs étonnés.

Je fus pris d'une sorte de haut-le-cœur. Le silence était sépulcral, identique à celui que j'avais connu dans l'Arctique groenlandais au cours de ces instants figés par le froid et l'absence de vent, ces moments où plus rien de vivant ne bougeait. C'est seulement alors que je le compris. Peut-être mes lèvres en formulèrent-elles l'idée. Une succession de sons muets. *Je suis sourd.*

Je le pensai sans saisir ce que cela signifiait. Sourd. Sourd. Le son a disparu du monde. Au premier instant, j'ai eu l'impulsion de me retourner, de retenir le premier passant venu et de hurler : « Ce silence ! Mais écoutez donc ! » Je ne le fis pas et préférai regarder une fois encore en direction du ciel. Les oiseaux traçaient leurs cercles rassurants. J'aurais aimé être avec eux.

Quelqu'un me toucha l'épaule. C'était un homme qui gesticulait de manière frénétique, acrimonieux et en colère, peut-être contre moi. Ses lèvres se déplaçaient sans bruit, mais à une vitesse fulgurante, comme si la réalité s'était déroulée trop rapidement. Si la chose ne m'avait pas autant angoissé, elle aurait été drôle. L'homme désigna une voiture, un taxi qui se trouvait devant moi. Son chauffeur, cheveux blancs et lunettes sombres, pressait nerveusement la main contre son volant en appuyant de toutes ses forces. J'étais au milieu de la rue. Je regardai autour de moi et vis, à l'arrière, une longue file de voitures. On était en train de m'attraper par les mains et par les pieds, et de me faire sortir de la chaussée. Le chauffeur klaxonnait. Mais je ne l'entendais pas. C'est à ce moment-là, seulement, que s'installa la peur. Je sentis battre mon cœur. Enfin, je pouvais le ressentir, mais pas l'entendre. Un effroi acide me parcourut le corps. Mes mains se mirent à picoter et devinrent insensibles. Le monde n'avait plus de son. Je courus. J'ignore pendant combien de temps.

Je ne pouvais que prendre tout cela pour un rêve et croire que plus j'irais vite, plus tôt je lui échapperais. C'était forcément le cas. Je courais. Je poussais sur le côté les passants qui me barraient le chemin. Comme si l'on avait, me dis-je, projeté le Groenland sur Tokyo, comme si tous les bruits avaient tout à coup été gelés ou engloutis par un pouvoir magique. Comme si je n'entendais plus que le silence de Chantal, son absence insurmontable et toxique. Chantal se taisait, elle se taisait, obstinément. Je n'entendais que ce silence. L'absence de sa voix. Alors que je voulais crier. Mon souffle devint plat. Je m'arrêtai, je ne sais pas où, je me cachai dans une ruelle étroite, dans une niche, sous une lanterne rouge, dans la pénombre, comme un animal malade, implorant, je me palpai les oreilles. Comme du feutre, me dis-je, ou comme de la ouate, de la ouate collée et grumeleuse qui avait pénétré jusque dans le tissu, dans l'oreille interne, non, plus loin encore, jusque dans le cerveau. Je claquai des mains devant mes oreilles, d'abord à gauche, puis à droite, puis de nouveau à gauche, je frappai mes paumes de main l'une contre l'autre, de plus en plus fort, puis je tapai sur les oreilles elles-mêmes, je me frappai le visage. Je criai aussi fort que je le pouvais. Tout était silencieux.

– 3 –

Debout à la fenêtre, je regarde le monde. Verre, béton et acier. En dessous vibre le trafic trouble d'une route à plusieurs voies, en haut de longs nuages parcourent lentement le ciel du soir. Je n'ai qu'une seule perspective et pourtant ce sont des milliers de fenêtres que je vois. Il faudrait dire : je me tiens à la fenêtre et je regarde les mondes. J'échoue à compter les étages des gratte-ciel qui m'entourent. Vingt-sept ici, quarante-huit là, soixante-treize là-bas, peut-être plus, peut-être moins, car je n'arrête pas de me tromper et dois sans cesse recommencer à zéro. Les étages parfaitement identiques n'offrent aucune espèce d'appui à l'œil. Dans le bâtiment le plus proche, dont l'architecture s'éloigne de moi par vagues, je peux regarder les fenêtres. Je vois aux étages inférieurs un grand magasin, des vêtements, des chaussures, des sacs, des chapeaux, des gens qui marchent d'un pas rapide entre les étalages, au-dessus un hôtel dont toutes les chambres sont pourvues des mêmes abat-jour blancs, tous identiques, tous au même endroit à gauche de la fenêtre, au-dessus des logements, au-dessus des bureaux, au-dessus je ne sais quoi. Dans l'une des chambres de l'hôtel, j'observe une femme nue qui, tout comme moi, se tient à la fenêtre et fume une cigarette. Elle est jeune, un peu pâle et tendineuse. Après qu'elle a fumé sa cigarette, elle s'éloigne de la fenêtre, j'entraperçois, au vol, l'ombre de son sexe et pour un bref instant je sens le plaisir me parcourir. Puis elle a disparu.

Je reste là longtemps et je regarde, en même temps que descend le soleil, la nuit qui monte, peu à peu, pour l'heure elle n'atteint que les étages les plus bas des gratte-ciel, tandis qu'elle laisse encore étinceler les autres à la lumière chaude du soleil vespéral, comme si l'on était en plein jour, puis elle, la nuit, remonte étage après étage, toujours plus haut, d'abord lentement encore, au rythme des minutes, elle absorbe les niveaux, puis, de plus en plus vite, hâtivement, elle semble avaler des groupes d'étages entiers, jusqu'à ce que seuls les plus élevés restent encore à la lumière du jour et que ceux-ci, à leur tour, soient chassés de leurs domaines et livrés à la nuit. Je me tiens là et j'observe la manière dont, comme par défi, la lumière des plafonniers et des lampadaires, fenêtre après fenêtre après fenêtre et, de nouveau, étage après étage, s'oppose à la nuit, se met à briller, comment cette ville se confronte, d'en bas, à son invisibilité et se donne une nouvelle visibilité, artificielle, qui, je suis forcé de le penser à ce moment-là, montre son visage plus spécifique, plus vrai.

Je sursaute et je me retourne. Le médecin se tient derrière moi, il regarde par-dessus mon épaule les lumières de la ville. Il me montre une feuille où figurent les mots :

« Vous me croyez, maintenant, quand je vous dis que vous êtes à Tokyo ? »

Je prends la feuille et le crayon qu'il me tend, et j'écris :

« Je n'en ai jamais douté. »

Il me dévisage, écrit :

« Ah non ? »

À l'aide d'une clé, il ouvre une porte dans la façade de verre, qui descend jusqu'au sol. Il me fait signe de le précéder.

Je franchis, pieds nus, la petite marche donnant sur une étroite terrasse qui court autour de l'hôpital. L'air est froid et vivifiant. Tout ici se niche dans le scintillement monotone de la ville. Je baisse les yeux. Mes pieds sont nus sur le sol froid en pierre.

« Pardonnez-moi », écrit le médecin, qui ôte ses pantoufles et me les fait passer. Le voici devant moi en chaussettes blanches. Une étrange vision. J'hésite.

« *Dôzo* », écrit-il. « Je vous en prie. » Et je chausse ses pantoufles.

Nous restons là, à regarder Tokyo qui clignote et qui vibre. J'écris :

« Vous n'avez pas peur ?

– De quoi ? »

La page est pleine, je retourne la feuille.

« Des conséquences de ce qui s'est passé. Des catastrophes qui restent à venir. »

Il secoue la tête.

« Ça n'est pas dangereux, de croire qu'on est en sécurité ?

– Il est encore beaucoup plus dangereux de vivre dans un constant sentiment d'insécurité. »

Le médecin inspire l'air froid. Puis il l'expire, les joues légèrement enflées. J'écris :

« Mais l'avenir. Il ne vous fait pas peur ? »

Mes caractères sont plus grands que tout à l'heure.

« Peut-être. Oui, il me fait peur à moi également. Mais j'ai aussi confiance.

– Moi je n'ai pas confiance. »

Puis nous restons un certain temps sans rien écrire. Nous nous taisons.

Le médecin est le premier à reprendre le stylo en main.

« Il ne vous est jamais arrivé de tomber et qu'on vous ramasse au vol ? »

Je me penche au-dessus de la rambarde, je regarde vers le bas. À un croisement, je peux distinguer une femme habillée avec raffinement; elle monte dans un taxi devant un chauffeur qui s'incline. Je me demande si c'est la femme au corps tendineux que j'ai vue nue à la fenêtre un peu plus tôt.

« Vous savez, écrit-il, ici, au Japon, nous vivons depuis des millénaires avec des catastrophes – tremblements de terre, tsunamis, éruptions volcaniques, typhons. Nous avons appris à vivre avec l'imprévisible.

– Comment fait-on cela ?

– On fait son deuil. On lâche. On recommence à zéro. Pas à pas.
– Comment tenir debout quand le sol ne vous porte pas ? »

– 4 –

Je m'éveillai désorienté, la tête bourdonnante. En inspirant, je sentis la vapeur huileuse et chaude d'une hotte de cuisine, abats, graisse, rôti. Mon estomac se contracta. Partir, partir ! Je tentai de chasser les fantômes. Je clignai des yeux, je vis des formes, mais la lumière se dissipa, ne donna rien et resta sans signification. Ce n'était qu'un scintillement dépourvu de toute cohésion, et quand bien même il en avait une, elle ne durait qu'un instant. Dès le suivant, tout contour, toute forme s'étaient échappés et tout se perdait dans l'indéfini. Mais il y avait quelque chose. Une légère douleur, sourde et lointaine, sur laquelle tout se fondait. Je tentai de la localiser. C'était quand même forcément un corps. Je me dis : Dors, Jona, dors. Le monde n'existe pas !

À mon réveil, tout était léger. Quelqu'un me caressait le visage. Enfin. Doucement. C'était comme une évidence. La main fraîche et mince. Sur mes joues, mon cou. Sur ma poitrine. J'ouvris les yeux. C'était Chantal, assise là. Chantal. À côté de moi. Pourquoi ne l'avais-je pas reconnue à son toucher ? Ses traits étaient familiers et proches : les cheveux roux, les ombres légères sous les yeux clos, les taches de rousseur éparses, les petites rides qui s'étaient formées pendant toutes ces années, le nez un peu retroussé, les lèvres fines et rehaussées de rouge sombre, son sourire, le frémissement de la commissure gauche. « Ah, c'est toi », dis-je, et je fermai les yeux, car je tentais de ne pas trop faire voir mon bonheur. « Tu es là. » Je tendis la main dans sa direction et ne trouvai pas de tissu, juste de la peau. Le corps voulait être moins solitaire. Je la pris par la poitrine et la tirai dans ma direction. Elle bascula, tomba, se serra contre moi, me tint fermement enserré. Je sentis son sexe contre mes hanches. Il était chaud et pulsait. Il avait envie. Alors, un bras me saisit et me retourna, légèrement, comme si j'étais en papier. Je me retrouvai ainsi sur le dos. Et un poids pesait sur moi. Un poids important. Un corps me pressait vers le bas. S'ouvrait. Chantal. Maintenant, on y va.

Puis elle fut partie. D'un seul coup.

Un fantôme. Qui s'était dissipé dans les airs.

Je restai longtemps là, la tête entre les jambes ramenées contre ma poitrine, à pleurer.

On n'entendait toujours pas le moindre son. Le silence régnait. Et ce silence me mit tout à coup dans un état de parfait éveil, il chassa tous les rêves. Je regardai ce qui m'entourait. C'était toujours la même ruelle, celle dans laquelle j'avais atterri auparavant et où je m'étais sans doute endormi, épuisé. Je voulus voir le ciel, levai les yeux et y trouvai un entrelacs dense de câbles électriques, à côté de la lanterne rouge et entre les caissons noircis de la climatisation, suspendus aux façades des immeubles comme de gigantesques insectes. Au-dessus s'étendait un ciel toujours bleu. Je bondis sur mes jambes, tapotai mes vêtements tant bien que mal pour en faire tomber la crasse et sortis dans la rue. Elle était pleine de gens qui ne produisaient aucun bruit.

Je ne sais pas d'où il venait ni pourquoi, mais soudain il fut là, se déploya et absorba tout le monde. Il sortait de mon corps, de mon regard et, de là, se transmit aux choses qui m'entouraient. C'était un calme léger, en vibration. Comme une promesse. (Une promesse de quoi ?) Je suppose que c'était dû à l'épuisement ; comme un animal à l'agonie qui se trémousse sur le dos, s'arrête à un moment de se tortiller, finit par être tranquille et s'abandonner à l'inévitable qui vient. Ou bien le calme venait-il du silence lui-même ? Peut-être l'obscure angoisse que j'avais ressentie n'était-elle que l'écho mugissant du bruit qui l'avait précédée. À présent, elle était partie.

Je marchai, donc, dans Tokyo. Je pris, sans me poser de questions, mon vieil appareil en main et me mis à photographier. D'un seul coup, tout me parut très clair et très précis : les formes, la lumière, l'interaction entre les gens, les choses, les mouvements, l'espace et la perception. J'étais moi-même un point mobile. Pas plus.

La ville était en état d'urgence. Je le compris plus tard, en entrant dans la gare assiégée par des voyageurs en attente, désemparés, assis sur le sol, les marches, les escaliers roulants arrêtés. C'étaient des hordes, alignées en groupes denses, les visages et les corps d'abord à peine séparables, tant ils étaient nombreux. Je me tenais donc là et regardais ces multitudes qui voulaient rentrer chez elles et se trouvaient coincées, qui se préparaient sans doute à passer dans ce lieu les heures suivantes, peut-être même la nuit, et jalonnaient un territoire, un chez-soi provisoire et improvisé par la force des choses. On cherchait des niches, on répartissait des couvertures et de l'eau, des chaises pour les vieillards et pour les malades. Un panneau indicateur clignotant annonçait en anglais : *Service suspended due to earthquake.* Je prenais des photos. Je rechargeais mes bobines de film et j'étais heureux, je tressaillais simplement de temps en temps, car le bruit du déclencheur me manquait. Mais l'instant suivant, déjà, je l'avais de nouveau oublié.

Devant la gare, alignés dans une zone spécialement prévue à cette fin, adossés à une rambarde, le regard perdu au loin, se tenaient les fumeurs. C'était une file sinueuse d'hommes en costume sombre, chemise blanche et cravate. Ils prenaient sans relâche des bouffées profondes, soufflaient la fumée de leurs poumons et y trouvaient sans doute un soulagement. Alors seulement, avec la vue plongeante qu'on avait depuis un pont sur la masse, sur la foule des marcheurs, je reconnus le modèle uniforme des masques de protection blancs qui, à la lumière du soleil d'après-midi, brillaient sur les visages comme des messages secrets. Devant les écrans, les corps s'entassaient, faciès figé, yeux agités, ils suivaient les images vacillantes : des incendies qui dardaient dans d'autres parties de la ville ; des voitures et des maisons qui dérivaient dans la boue noire comme de petits bâtons de bois ; des vagues ; des villages engloutis sur la côte ; des allocutions de politiciens, le visage pétrifié. Je me détournai, ébranlé, et poursuivis mon chemin. Je me tins longtemps devant la vitrine d'une boutique de mode. Les mannequins renversés reposaient épars sur le sol. Comme morts. Je me dis : Ils comptent au nombre des premières victimes. Devant une cabine téléphonique publique s'était formée une queue qui tournait autour d'un pâté de maisons entier, décrivant plusieurs brisures et serpentins. Les gens tenaient leur téléphone mobile dans les mains et regardaient, sans comprendre, ces artéfacts lumineux d'une étrange inutilité. Alors seulement, je sentis la faim, nauséeuse et lancinante. J'inspectai les environs et trouvai une petite boutique, j'y entrai, mais les rayons étaient vides ; on ne voyait plus que quelques boîtes et petits paquets éparpillés dans les allées qui semblaient avoir été ratiboisées. Et j'avais à peine tourné le dos que même ces restes avaient déjà été avidement raflés par un garçon. Son regard triomphal. Il rit et sortit dans la rue en courant. Je le suivis, me retrouvai à l'air libre et sentis, à peine avais-je posé le pied sur l'asphalte, la terre qui vacillait et tremblait à nouveau sous moi. C'était une réplique. Dans un hall d'hôtel construit en loft d'une douzaine de mètres de hauteur, je vis, à travers une façade en verre, les lustres suspendus au plafond osciller comme des pendules au bout de cordons et de câbles sans fin, régulièrement, avec la douceur et la légèreté d'enfants qui s'élancent dans le ciel sur leur balançoire. J'étais en état d'ivresse dans un monde d'images. Je titubais, je ne faisais plus partie de ce qui m'entourait. J'étais proche du rêve. À moins que ? Mes sens étaient à vif. Je ressentais. J'étais là. Non, ce n'était pas de l'irréalité, ce que j'éprouvais là. Au contraire. Le monde, d'un seul coup, était réel.

Par l'objectif de mon appareil photo, je vis un vieil homme sans abri. Était-ce possible ? Était-ce l'« homme dans la lune » ? C'était lui, assurément. Il était assis là, emmitouflé dans sa veste trop grande pour lui, sur le banc d'un parc, et me regardait droit dans les yeux. Son regard était tellement franc, tellement vulnérable, que je me sentis aussitôt démasqué et pris sur le fait. Je baissai l'appareil. Sa barbe blanche comme neige brillait au soleil. Je détournai le regard avec honte.

– 5 –

Avant de rencontrer Chantal, je ne manquais de rien. Du moins, je le croyais. J'avais des femmes, des hommes, j'avais des expositions et des commandes, je bricolais mes miniatures, je méprisais le monde, je l'aimais, je volais, je tombais à pic, je réfléchissais, je me retirais. Quand j'étais seul, je sortais, je cherchais, j'exigeais, je m'enivrais, je regardais, je demandais, je trouvais çà et là des gens et des contacts.

Lorsque je rencontrai Chantal, elle me manqua, instantanément. Et cet instantané, cet incontournable restait quelque chose d'énigmatique et de beau.

Un ami me demanda un jour si je parlais du destin, et je répondis en riant et en secouant la tête. Non, dis-je ce jour-là, je parle plutôt de l'impudence d'un hasard, de l'improbabilité d'une rencontre, d'un choc qui a renversé mon existence sans que j'aie eu le choix. Le destin, donc, insista-t-il. Non, répondis-je. Plutôt une réaction en chaîne, quelque chose d'irréversible.

Je me tenais là, à l'époque, à cette caisse de supermarché, près de l'université, devant une femme inconnue, devant Chantal, avec dans les mains un livre et mon sandwich au fromage grotesquement emballé, et je sentis une secousse.

« Je l'ai lu aussi, ce livre », dit la femme. C'est à moi qu'elle s'adressait, elle désigna l'ouvrage que je portais et dit qu'elle l'avait lu elle aussi. Sa voix me toucha, ses yeux, ses mains.

« Et alors ? Comment l'avez-vous trouvé ?

– Épouvantable ! » Elle éclata de rire. Et ce rire m'émut.

J'aimais ce livre. (C'était *I love Dick* de Chris Kraus, un roman sur un couple d'intellectuels new-yorkais en loques et autocentrés, un ménage à trois imaginaire et l'amour comme projet artistique déconstructiviste.)

« Moi, je l'aime, ce livre », dis-je. Et elle se contenta de me regarder, puis inclina la tête.

Le toussotement de la caissière, l'impatience des acheteurs qui attendent derrière moi, mes excuses, l'éternité qu'il me faut pour fouiller dans mon porte-monnaie, Chantal qui me tend une pièce, le gloussement d'une vieille, les pas vers l'air libre, le chemin de conserve pour revenir à la conférence, tout cela n'était encore qu'un bruit de fond de ma chute, qui avait déjà commencé sans que j'aie pu la ramener à un quelconque concept, sans que j'aie même pu dire si ce qui était en train de m'arriver était une bonne ou une mauvaise chose. La seule certitude, c'est que cela se passa, à ce moment-là, et de manière inéluctable.

– 6 –

Il ne m'était rien venu de mieux à l'esprit. Car à un moment, le beau chatoiement était passé, l'ivresse de la perception s'était dissipée. Je n'avais rien mangé de toute la journée. Il faisait froid, j'étais frigorifié, à bout de forces. J'avais négligé tous les signaux d'alarme. Je n'entendais rien. Le monde était toujours silencieux. Il y avait quelque part un vice fondamental. Continuer à le nier était impossible.

Dans un premier temps, le sac à dos argenté m'était revenu à l'esprit, celui que m'avait donné le jeune Japonais et dont je constatai avec surprise que je le portais toujours aux épaules. Je m'assis sur un banc public, l'ouvris et étalai le contenu devant moi : une bouteille d'eau, des piles, une lampe de poche, un couteau militaire, une radio, quelques pièces de monnaie, du ruban adhésif, des masques de protection, un petit réveil, un jerrican d'eau, une boîte de premiers secours, une corde, un sac de couchage, des alèses, des gants jetables, des articles d'hygiène, des mouchoirs, des fruits secs, des friandises, des rations alimentaires et un emballage dont je ne pus identifier le contenu. Je contemplai avec étonnement l'amas des objets disposés autour de moi comme un paysage étrange. J'avalai avidement les friandises et bus l'eau. Je glissai, par sécurité, les fruits secs dans ma poche. Le reste, je le laissai sur place.

L'inquiétude commençait à me gagner. Il me fallait un médecin. Toute ma tête semblait insensible, et tout tournait autour de moi. Oui, à ce moment seulement, je le compris : il me fallait de l'aide. Mais comment la trouver ? Comment pouvais-je même me faire comprendre ? Et même si je parvenais à parler, à former des sons, comment pouvais-je savoir que je produisais autre chose que des borborygmes ? Trop fort, ou trop bas ? J'entrepris quelques tests, tentai de parler, en cachette, en sous-main, pour ne pas avoir l'air d'un idiot. Ma poitrine vibrait, mon cou aussi. Ça n'allait pas plus loin. Et même si je parvenais à me faire comprendre d'une manière ou d'une autre, me dis-je, je ne comprendrais strictement rien si l'on me répondait. Le désespoir était de retour. Il était aussi brut et impitoyable qu'un souvenir longtemps refoulé. Je courus de nouveau vers la gare, fatigué, au bord des larmes, je sortis mon smartphone du sac, et tentai de me connecter au réseau libre. En vain. Je continuai à traîner dans le quartier, les jambes lourdes et de plus en plus inertes, douloureuses, récalcitrantes, je tournais en rond, désorienté, je cherchais l'un des cafés où l'on avait accès à Internet. C'étaient de petits refuges, d'une importance vitale dans cet environnement qui m'était étranger. Effectivement, j'en trouvai un et entrai. Je respirai. Il y avait toujours un moyen. Le réseau wi-fi était surchargé. Je tentai ma chance à d'innombrables reprises. Cela ne servit à rien. Je m'agrippai à ce réseau qui allait me recueillir. Jusqu'à ce moment où je m'effondrai sur place sous le coup de l'épuisement, comme intoxiqué par une perte soudaine d'espoir.

Je ne sais pas combien de temps s'écoula avant que l'idée me vienne, peut-être quelques minutes, peut-être une heure. Je déchirai une feuille de mon bloc-notes et écrivis dessus, en grosses lettres : *I need a hospital. Please help !!* Assis à même le sol du café, je brandis mon panneau et me cachai derrière. J'inclinai la tête, laissai le regard dépasser des bords de la feuille. On faisait à peine attention à moi. Quelqu'un m'adressait parfois un regard exprimant la compassion ou l'effarement, pas plus. J'avais l'air d'un clodo. Mes vêtements étaient sales. Un homme se pencha et posa devant moi une pièce de cent yens. Ce fut l'instant où plus rien ne me retint. Les larmes me coulèrent sur les joues, mon corps tressaillit. Je dissimulai mon visage entre mes mains. Ma chute était irrésistible. Sourd et coupé du monde extérieur. Je crus un bref instant ne plus pouvoir respirer. Je râlai. Je tombai. Il n'y avait plus de sol. Mais bon. C'était fait. J'étais en train d'étouffer. Une mort absurde, grotesque. Je sentis alors un bras autour de mes épaules. Non, cette fois je n'ai pas ouvert les yeux. Ce n'était une fois de plus qu'une plaisanterie consolatrice de mon imagination idiote et en quête d'harmonie. Puis je l'ai fait quand même. J'ai levé les yeux et j'ai vu une Japonaise, enveloppée dans un manteau blanc, qui me tenait, les yeux sombres et tranquilles. Un ange. Elle dit quelque chose. Je ne l'entendis pas. Son visage était fin, parcouru de petites rides et visiblement marqué par l'existence. Je vis alors qu'elle aussi avait les larmes aux yeux. Je crus un bref instant que je me voyais moi-même. Ce fut un moment rassérénant, car je me sentis compris sans avoir dit un mot. Soulevé. (Comme mis en sécurité. Comme ce qui est tombé et a été ramassé au sol reste précieux pour d'autres temps.) Pris d'une peur soudaine qu'elle puisse à nouveau disparaître, je me mis à fouiller frénétiquement dans ma poche. Je trouvai le crayon, écrivis sur la feuille :

I can't hear anymore.

Je retournai la feuille, désignai le mot *hospital*, puis *Please help !!* La femme hocha la tête, elle me prit par la main et m'aida à me relever. Sa main était petite et chaude. Je baissai la tête, honteux, pour échapper aux regards.

– 7 –

Quelque chose n'est pas là. Il y a quelque chose qui manque.

Dans ma perception enfantine, c'est arrivé un matin par la poste. C'était peu après mon cinquième anniversaire. Comme si souvent après mon réveil, j'étais allongé sur le tapis de la salle de bains et je rêvais en somnolant pendant que ma mère prenait sa douche, ce qui m'inspirait des sentiments de sécurité et de bien-être.

J'aimais cette station allongée sur le tapis de la salle de bains, elle prolongeait encore un peu mon sommeil dans le jour, elle était synonyme de proximité avec ma mère bien-aimée et m'apportait, avec le bruit des gouttes d'eau qui crépitaient, toute sorte d'espaces pour les pensées et pour l'imagination. L'ami de ma mère à l'époque, Alexeï, entra dans la salle de bains et laissa sur l'armoire de toilette une lettre arrivée à son nom, sans un mot, sans en faire toute une histoire. J'ai souvent reconstitué ces moments dans mes réflexions par la suite et je me suis demandé s'il pressentait déjà, à l'époque, ce qu'il y avait dans la lettre. Ma mère est sortie de la douche, s'est essuyée, a ouvert la lettre, l'a lue et a fondu en larmes, d'abord en silence, puis en sanglotant, puis en hurlant et en riant à la fois, elle riait et fondait en larmes, elle riait et laissait les pleurs et les rires se mêler comme si deux esprits luttaient en elle. À l'époque, je ne compris pas, je m'agrippai à ses jambes, désespéré, me mis à rire et à pleurer comme elle et, pris d'un espoir anxieux, à lever les yeux dans sa direction pour trouver une explication quelconque à ce jeu énigmatique et menaçant. Ensuite, tout alla très vite. Elle entra à l'hôpital, et quelques semaines plus tard elle était morte.

Je ne sais pas quand cela commença, et si cela se serait passé de la même manière sans la mort de ma mère. Je veux parler du fait que j'étais différent. Cela avait sans doute quelque chose à voir avec ma pâleur, avec la délicatesse de mes traits, avec mes cheveux fins et clairs comme de la paille, avec mes lèvres ourlées. Je m'efforçais pourtant, autant que je pouvais, d'être comme les autres et de correspondre aux règles qu'on me prescrivait. Enfant, j'avais peur que les adultes me regardent, comme si je n'étais pas de ce monde. Tu es un garçon ou une fille ? me demandaient-ils. Et je répondais comme j'avais appris à le faire. J'ai lu un jour chez Freud que l'expérience d'avoir perdu un être aimé signifie qu'on l'incorpore en soi, qu'on le prolonge en soi, qu'on fait donc fusionner ses traits essentiels avec les siens et qu'on maintient ainsi en soi-même, par ce rituel, l'être humain autant que l'amour qu'on lui porte. En se réfugiant dans le moi, l'amour s'est dérobé à l'abolition, écrit-il. Freud donne à ce processus le nom de mélancolie.

– 8 –

Chantal avait vingt ans de plus que moi, elle étudiait la physique théorique, elle était climatologue et c'était mon amante rhapsodique, comme je l'appelais en mon for intérieur. Nous avons été pendant des années liés par une relation tellement singulière que je préférais ne pas en parler, ou tout du moins ne pas la désigner par des noms qui ne pouvaient que passer à côté. Quand des amis me posaient des questions sur Chantal, je haussais les épaules sans rien dire ou souriais, certain qu'une réponse déboucherait directement sur des malentendus.

Tout avait commencé par des discussions et par des regards, par des regards et par un singulier désir intellectuel de l'autre. Nous nous rencontrions et nous parlions. C'était un rituel, d'abord hebdomadaire, puis plusieurs fois par semaine, et pour finir chaque jour. Que notre rencontre vînt à être annulée une seule fois, et la vie était vide. Il était rare que nous soyons d'accord. Nous nous disputions et nous en avions envie. Nous nous enivrions de la dissonance de nos réflexions. Si quelqu'un me demandait aujourd'hui de quoi nous parlions à l'époque, je ne serais plus capable de le dire. Mon pouls battait trop vite, ma tête bourdonnait, la mémoire se déconnectait. Dans son excitation, elle oubliait de stocker. Elle considérait tout cela comme un rêve et éteignait, nuit après nuit, ce qui avait été vécu, de la même manière qu'on efface au matin ce que l'on a rêvé. C'était un jeu amoureux intellectualisé fait de cour, de taquinerie et de retrait. Chantal parlait pourtant de l'absence du corps. La pensée est une biffure permanente, disait-elle en citant un écrivain français, et c'était le corps qu'il fallait biffer. L'homme qui penche, selon Chantal, devait en quelque sorte marcher en éclaireur vers la mort apparente, se débarrasser de toute vie profane pour pouvoir se consacrer entièrement au théorique. Quel blablabla !

Il est indubitable que dès cette époque, je voulais coucher avec Chantal. Mon intérêt pour le corps était de nature moins théorique. Mais c'est seulement après plusieurs mois d'approches tâtonnantes et infructueuses, à un moment où j'étais déjà prêt à accepter que j'avais bel et bien trouvé en Chantal un être d'esprit, hostile au plaisir et situé au-dessus de toute possibilité de séduction, à ce moment-là, donc, que le charme se rompit et que nous fîmes l'amour, sans pouvoir formuler encore la moindre pensée distincte, sur son bureau à l'université. La perplexité de petite fille avec laquelle Chantal marcha ensuite d'un côté à l'autre de son bureau dévasté, tentant de ramasser et de remettre en ordre les papiers et les livres éparpillés au sol avant de les y disperser de nouveau un peu plus tard – emmêlée à moi –, acheva de me conquérir entièrement. Ensuite s'étaient écoulées des heures d'ivresse au cours desquelles on était parvenus à faire alterner jeux amoureux et discussions, à imbriquer le corps et l'esprit dans un aller-retour permanent, sans que, contrairement à ce que redoutait toujours Chantal, le mutisme intellectuel s'impose à nous.

Mais dès cette époque, Chantal souffrait de quelque chose qu'elle qualifiait – en termes un peu surannés – de troubles psychiques. Un certain manque de résistance à l'agression et une peur de l'incertain qui, parfois, s'intensifiait pour devenir une panique insondable qui la forçait à rester des heures au sol, immobile, comme atteinte de rigidité cadavérique. Des années plus tard – elle avait entre-temps été renvoyée de l'université – elle fut même internée en clinique. Elle avait tout à coup cessé de manger et ne pouvait pratiquement plus dormir. Elle passait ses nuits allongée, éveillée, à faire des calculs. Elle avait développé dans son esprit des algorithmes absurdes qui devaient permettre de dompter l'avenir. La pensée tranchante lui décomposait les nerfs, disait-elle. Les médecins dirent qu'il s'agissait d'un burn-out et lui prescrivirent ce qu'ils appelaient un arrêt.

C'est sûrement l'une de ces journées-là que cette vieille maison de plusieurs étages où vivait Chantal en banlieue s'effondra tout à coup, par une heure tranquille de l'après-midi, sans qu'on puisse en désigner les raisons. Immédiatement avant, Chantal m'avait appelé de l'université et fait savoir qu'elle était fatiguée, que l'aménagement du bureau la stressait plus qu'elle ne s'y était attendue, elle était navrée, mais elle devait décommander notre rendez-vous et aller plutôt se reposer chez elle. À l'époque, c'est grâce à mon obstination et à l'ardeur de mon désir que nous pûmes tout de même nous rencontrer en ville pour un café et quelques ardentes embrassades avant que Chantal ne se rende finalement chez elle, où elle ne trouva que des ruines à la place de son appartement. Lorsque les nuages de fumée commencèrent à se déposer sous le poids des jets d'eau des pompiers – alors que j'étais moi aussi arrivé sur place –, on pouvait voir que la moitié de la maison était encore débout, que seule la partie avant s'était écroulée et que le reste se dressait, façade ouverte, comme une maison de poupée. On pouvait aussi voir depuis la rue la chambre de Chantal, mais la partie où se trouvait son lit n'était plus là. Tout cela était enfoui sous les gravats, comme ses deux vieux voisins. Nous restâmes là longtemps en nous tenant fermement. Nous regardions, incrédules, ce que Chantal avait un jour appelé son « refuge dans ce monde ».

– 9 –

Quelque chose n'est pas là. Il y a quelque chose qui manque.

C'était peut-être aussi la raison pour laquelle j'avais pris l'avion pour le Japon. C'était irrationnel, impulsif, peut-être naïf, c'est possible. Je n'avais aucun indice concernant le lieu où pouvait se trouver Chantal ni la moindre idée de ce qui m'attendrait au Japon, de la manière dont je pourrais me faire comprendre ou de ce que j'y ferais une fois arrivé. Je n'avais pratiquement pas d'argent, en tout cas trop peu pour pareille entreprise. Tokyo, je l'avais lu un peu plus tôt, était la ville la plus chère du monde. Je n'annulai pas mes rendez-vous professionnels et n'informai personne de mes projets. Je fourrai au contraire, en toute hâte et choisies de manière arbitraire, quelques affaires dans un sac, écrivis à mes voisins un bref message dans lequel je leur demandais de s'occuper de mon chat, réservai pour le jour même un billet à un prix bizarrement plus élevé que la normale et me retrouvai plusieurs heures plus tard à l'aéroport avec la certitude inexplicable de faire ce que j'avais à faire. Cela tenait sans aucun doute à ce désir ardent et intime de parvenir à comprendre pourquoi Chantal avait disparu sans dire un mot, à comprendre son retrait qui, sans que je veuille l'admettre, m'avait plongé depuis des semaines dans un état de tristesse obstinée.

Aussi proches que nous ayons pu l'être l'un de l'autre à certains moments, nous n'avions jamais exprimé, en aucune manière, une quelconque prétention l'un sur l'autre. Chantal aurait ressenti comme une présomption toute obligation qui aurait porté plus loin que l'instant. Mon espoir prudent de pouvoir effectivement la débusquer à Tokyo me paraissait d'autant plus déplacé. De quel droit pouvais-je tenter de la retrouver et, peut-être, de lui demander des comptes ? Que devrais-je lui dire si je me retrouvais effectivement devant elle ? Je t'ai cherchée. Je suis là. Tu me manques ; mais bon sang où es-tu passée ? Mais bon sang où...

J'étais dans une colère noire lorsque je fus dans l'avion, à plusieurs milliers de kilomètres au-dessus de la terre, je me mis même, à un moment, à taper du pied, si bien que mon voisin de siège – un grand Russe dont la tête penchée en avant dodelinait dans son sommeil – se réveilla et regarda autour de lui, effrayé, avec ses grands yeux bleus. J'avais sans doute perdu la tête, me dis-je, de gaspiller mes très maigres économies pour m'engager dans une entreprise aussi absurde. Je maudissais Chantal d'être aussi impotente pour toutes les choses pratiques, aussi pataude et obstinée.

Lors de notre première rencontre, j'avais affirmé que notre attirance l'un pour l'autre tenait au fait que Chantal incarnait la *vita contemplativa*, et moi, au contraire, la *vita activa*. Son mode d'être était l'équanimité des pensées, un certain éloignement de la vie, une distance de sécurité avec le monde ; le mien, au contraire, était l'action, le risque que l'on prend, l'exposition à l'indétermination du monde, le goût du pratique, c'est-à-dire le fait de s'abandonner à la roue de la Fortune, toujours soumise à l'alternance de montée, d'occupation du trône, de descente et de station à terre.

« Comme si les réflexions n'étaient pas tout cela ! » répondit Chantal en riant. « Je crois que certains jours, je suis plus souvent poursuivie par ta roue du bonheur que d'autres dans toute la vie qu'ils ont menée auparavant ! »

Chantal, en tout cas, n'était pas un être d'action. Elle ne s'exposait pas au risque. Elle était toujours dans les pensées, et aussi casse-cou qu'aient pu être celles-ci, ce n'étaient jamais que des pensées. Mais étaient-elles réellement de *simples* pensées, ou n'étaient-elles pas plutôt *tout de même* des pensées, voire *même* des pensées ou encore *par-dessus le marché* des pensées ?

Que pouvait-il donc bien lui être arrivé ?

– 10 –

Chantal avait lentement disparu. Dans un premier temps, tout parut aller mieux de nouveau. Après la prétendue « période d'arrêt » qui lui avait été prescrite et ses pérégrinations expansives, elle s'était effectivement remise, avait recommencé à travailler et avait pris un poste dans un centre de recherche en météorologie numérique. Elle écrivait, comme elle m'en informa à l'époque, l'air métamorphosée, des algorithmes de modèles climatiques qui permettraient sinon de pronostiquer l'avenir de l'atmosphère et des océans, du moins d'en faire des projections au fil de séries infinies de simulations numériques. Une telle simulation de monde, m'expliqua-t-elle, était un cosmos abstrait et fictif. Un tissu textuel d'algorithmes et d'équations, auquel d'innombrables auteurs travaillaient déjà depuis des décennies. Certaines parties du code avaient plus de soixante ans. Les sept équations météorologiques fondamentales pour calculer la densité, l'humidité, la pression, la température et la vitesse de l'air dans trois directions existent même, me dit-elle, depuis plus de cent ans et ont déjà été décrites de manière essentielle en 1904 dans l'essai de Vilhelm Bjerknes, *Le Problème de la prédiction météorologique considérée du point de vue de la mécanique et de la physique*. Les parties les plus anciennes du code de programme actuel sont toutefois, selon Chantal, celles élaborées en 1950 pour l'ENIAC, le premier ordinateur universel purement électronique. Soit dit en passant, disait Chantal, ce cerveau électronique, comme on l'appelait à l'époque, remplissait des halls d'usine entiers. Il était composé de 18 000 tubes sous vide dont chacun devait être recâblé dans la peine et la sueur pour chaque nouveau problème à résoudre. Les programmateurs avaient à l'époque travaillé comme des nains zélés au milieu de gigantesques machines à calculer, et ce qu'on appelle les bugs, c'est-à-dire les erreurs de programmation, étaient encore de véritables coléoptères. On avait donc recours aux éléments existants du code, expliqua Chantal, et l'on poursuivait sa rédaction. À la fin des années 1970, le modèle climatique était une image balourde et schématique du monde, une biosphère simulée dans laquelle il n'y avait même pas de mer. Il fallut des années pour en développer une, mais elle ressemblait toujours plus à une mare inanimée qu'à l'écosystème complexe des océans. On ajouta des algorithmes de forêts, des algorithmes de nuages et des algorithmes de vaches, ainsi que des boucles de *feedback* complexes. Elle m'expliqua à l'époque qu'elle partageait un bureau avec une scientifique qui travaillait à une amélioration des algorithmes de poissons tandis qu'elle-même travaillait au bureau d'à côté, à un prolongement des algorithmes de la fonte de la glace et de la neige.

J'ai rarement vu Chantal aussi vivante qu'au cours de ces premières semaines et de ces premiers mois de sa nouvelle activité de créatrice de modèles climatiques. À cette époque, nous nous téléphonions presque chaque jour et nous nous rendions visite le week-end chaque fois que c'était possible. Parfois, nous nous rencontrions dans des villes proches ou lointaines et nous prenions des chambres d'hôtel en Autriche, en République tchèque, en Allemagne, en Suisse ou en France, selon ce qui nous passait par la tête. Chantal paraissait avoir été changée. Nous faisions l'amour souvent et avec ferveur. Chantal était éveillée, sensuelle et soudain saisie par une curiosité et un plaisir – à mon égard comme à celui du monde – qui me subjuguaient.

Il est difficile d'établir à quel moment précis ce bonheur, car c'en était un sans aucun doute, commença à s'effriter. Mais je crois que ce fut au cours des journées précédant la conférence climatique de Copenhague, car certains des collègues de Chantal, membres du centre de recherche sur le climat de l'University of East Anglia, furent à l'époque calomniés et ridiculisés à la suite de l'interprétation tendancieuse que des amateurs avaient faite d'e-mails publiés par des hackers. On affirmait qu'ils avaient volontairement retenu ou manipulé des données réfutant le changement climatique anthropique. Au cours de ces journées, je n'eus aucun moyen d'entrer en contact avec Chantal. Je ne reçus qu'un seul message de sa part, portant les mots « sans voix ». Je ne savais que trop bien à quel point l'« étroitesse d'esprit effroyablement dangereuse des prétendus climatosceptiques » – c'est ainsi qu'elle s'exprima un jour – et leur écho médiatique l'accablaient, car ceux-ci, comme elle ne se lassait pas de l'expliquer, n'étaient pas seulement les victimes et les hommes de main de groupes d'intérêt clairement identifiables, mais profitaient en outre éhontément de deux phénomènes : premièrement, la constante fondamentale de l'humanité, à savoir la propension de l'Homo sapiens à refouler les vérités déplaisantes ; deuxièmement, un quiproquo fondamental dans la vision qu'avait le public des sciences de la nature modernes. L'idée du grand public sur ce qu'était la science et ce qu'elle pouvait accomplir, dit Chantal, avait plus d'un siècle de retard. Les ruptures et les bouleversements radicaux survenus depuis le début du XXe siècle, en particulier concernant l'image physique du monde, et la rupture définitive qu'ils avaient provoquée avec l'idée d'un monde descriptible et calculable de manière exacte à l'aide de lois simples et universelles, n'avaient selon elle jusqu'alors nullement atteint le grand public. Il était dès lors facile, selon Chantal, de compromettre l'image d'une science traitant de sujets d'une extrême complexité, comme la climatologie, avec des présentations fantasmagoriques et des calculs simplistes.

C'en était donc fini de notre bonheur ?

– II –

Je volai au-dessus de la nuit. Ou plutôt : je volai sans sommeil au-dessus de la nuit. Car, c'est ce que je pouvais observer, quand on évolue à des milliers de mètres au-dessus de la planète, et en sens inverse de son orbite, la nuit se réduit à un minuscule laps de temps d'obscurité. C'est certainement au-dessus des plateaux démantibulés et des chaînes de sommets du massif montagneux de Sibérie centrale que le soleil disparut d'un côté et s'absenta pour un moment étiré de silence avant de remonter au-dessus des lointains méandres de la Lena, comme si, au lieu d'attendre la longue rotation de la planète, il avait décidé, sur un coup de tête, d'emprunter un chemin en son centre. La séquence avait un petit côté somnambulique, irréel, comme si ce n'était pas moi mais le temps qui se déplaçait trop vite. La terre en dessous de moi semblait en revanche prendre les choses nonchalamment. Il émanait d'elle un sentiment de calme et d'évidence au moment où le soleil levant la balaya en décrivant un angle plat, un sentiment qui s'empara aussi de moi et me rendit somnolent. Mon voisin de fauteuil, qui paraissait à présent parfaitement éveillé et dont mon soupir avait sans doute attiré l'attention, avait lui aussi suivi ce petit spectacle. Peut-être me trompais-je, mais je crus discerner, au moment où je me tournai vers lui et où nos regards se croisèrent brièvement, que ses yeux avaient perdu cette dure froideur qu'ils avaient encore au moment de la montée à bord. « *Krassivo* », dit-il. « C'est beau. »

Puis je m'endormis.

Les secousses et le fracas de l'atterrissage m'arrachèrent à mon sommeil et, dans un premier moment de désorientation complète et de confusion, me firent tourner la tête en tous sens. Ainsi s'écoulèrent quelques secondes vides de toute pensée. J'étais au Japon. Ce fut la première pensée à trouver un appui en moi, sans que j'aie été en état de dire ce qu'elle signifiait. Japon. Et pourtant je ressentis instantanément un monde nouveau. J'y réagis singulièrement, avec euphorie, mais aussi avec une sensation de perdition, ou peut-être justement avec une euphorie *de la* perdition, qui se nourrissait de celle-ci. (Une perte qui n'est pas douloureuse, car elle représente une dissolution à laquelle on aspire et à laquelle on vient encore de s'accrocher convulsivement, qui s'est détachée de vous comme par elle-même ; une inconsistance qui vous permet de vous réinventer un peu, de vous transformer.) À cela s'ajouta l'intuition indéfinie d'avoir échappé à quelque chose. À quoi ? À qui ? En tout cas, le sentiment d'oppression de ces dernières semaines m'avait abandonné d'un seul coup. Ma tête bourdonnait et j'avais du mal à marcher droit. Le Russe, qui marchait à présent devant moi, se retourna, peut-être soucieux, et sourit, cette fois avec une expression d'amabilité sans limite, avant de me demander ce que je comptais faire au Japon. Pas un seul mot ne me vint aux lèvres, pas même un geste comme un haussement d'épaules, mais peut-être ma mimique révéla-t-elle l'insondable légèreté de mon désarroi. Comme pris de vertige, ivre, je courus à travers les halls de l'aéroport. Je fus à deux doigts de suivre mon impulsion et de prendre par la main un vieux Japonais à chemise blanche et attaché-case pour danser avec lui.

L'aridité de mes interminables heures au bureau, les petits travaux de commande, la construction certes captivante mais monotone des miniatures à l'atelier, qui avait été mon unique aventure au cours des derniers mois – tout cela, d'un seul coup, était du passé.

Mais avant tout, au moins pour un temps, je ne ressentais plus cette solitude qui m'avait accompagné et dominé depuis la disparition de Chantal, qui avait été présente aussi bien au travail qu'au cours des heures que j'avais passées avec des proches, dans mes rêves autant que dans mes instants de veille.

J'étais au Japon, ce qui signifiait que j'allais chercher Chantal, passer toutes les îles au peigne fin, les retourner, les palper jusqu'à ce que je l'aie retrouvée, et qu'au moment où, finalement, je lui ferais face, je jubilerais, même si, par pure gaucherie, elle me couvrait de ses sarcasmes.

– 12 –

« Est-ce que tu m'aimes ? » avais-je un jour demandé à Chantal, au téléphone, et elle n'avait rien dit.

Nous n'avons pratiquement jamais employé ce mot. Par accord tacite, nous l'avons évité comme s'il s'agissait d'un danger caché et susceptible de nous séparer. Peut-être notre alliance tenait-elle cependant justement dans ces moments sans mots qui, en dépit de nos nombreuses dissonances verbales, rendaient tangible le penchant que nous avions l'un pour l'autre. L'absence des mots d'amour n'amoindrissait pas le sentiment qui nous liait. Le silence qui s'installait entre nous pendant certains regards ou certains contacts était plus riche, plus vivant, mais aussi plus honnête que tous les soupirs d'amour que j'avais échangés cent et mille fois avec d'autres femmes et d'autres hommes. « *Ich liebe dich sehr* », « je t'aime beaucoup », m'avait dit l'un d'eux en boucle de nombreuses années auparavant, et cela ressemblait un peu plus chaque fois à de tristes paroles d'apaisement. Plusieurs années plus tard, c'est dans un dictionnaire d'étymologie – un cadeau de Chantal – que j'en ai trouvé une explication. « *Sehr* », « beaucoup », y expliquait-on, ne signifiait, au sens originel, rien d'autre que douloureux. « *Sair* », c'était la blessure ou la douleur. Il disait : « *Ich liebe dich sehr* », et peut-être parlait-il sans le savoir de la *Ver-sehrung*, de la blessure qui réside dans la césure du mot. Lorsque j'en parlai à Chantal, elle dit que c'était exagéré et pathétique.

Cela faisait à peu près un an que j'étais passé chercher Chantal dans son petit appartement et que j'avais lu, parce qu'elle était encore en train de se préparer, le mot « algorithmique de l'amour » dans le bloc-notes qui reposait, ouvert, sur son bureau. Plus tard, dans un café, je lui en parlai et elle se contenta de rire à la dérobée, un rire que je ne pus interpréter. Peut-être ressentit-elle mon indiscrétion comme une rupture de notre accord tacite, mais peut-être n'étais-je vraiment à ses yeux que l'obscur objet de recherche d'une algorithmique amoureuse, quel qu'ait pu être le sens de ce mot. En tout cas, elle expédia la question et mit un terme à la discussion en prononçant une phrase insignifiante : une montagne de travail l'attendait encore.

– 13 –

L'euphorie dans laquelle me plongea mon arrivée à Tokyo ne dura pas longtemps. La fatigue s'empara de moi et, avec elle, un désarroi qui n'avait plus rien à voir avec le bonheur. Assis sur le quai de l'aéroport de Narita, attendant le train qui devait me conduire en ville, je fus soudain incapable de retenir mes larmes. D'autres voyageurs décrivaient de grands arcs de cercle autour de moi.

Je décidai de rester à l'aéroport, de chercher un restaurant, de manger une soupe pour me revigorer un peu. Peut-être tout cela n'avait-il été qu'une idée idiote, peut-être allais-je aussitôt reprendre l'avion. L'envisager causait autant de honte que de soulagement.

Les udon et leur bouillon brûlant me nourrirent et chassèrent mes idées noires. Je restai longtemps assis à observer le ballet apaisant des avions qui décollaient et atterrissaient – des engins opulents et lourds comme du plomb qui se comportaient comme s'ils étaient de graciles figurines en papier mâché –, ainsi que des aiguilleurs au sol minuscules qui, avec leurs chorégraphies secrètes, indiquaient à la manière de dictateurs nains le trajet que devaient suivre les avions à l'atterrissage.

Je pris le train suspendu qui reliait l'aéroport à la ville, je regardai par la fenêtre et laissai défiler devant moi les mondes inconnus. Une fois dans le métro, je regardai le sol, pas plus que tous les autres je n'osais lever la tête. Je finis quand même par le faire.

Plus tard, j'appelai cela le *sommeil de la ville*. Les gens dormaient dans les métros. Ils montaient, scrutaient les lieux, se dirigeaient droit vers les places assises, d'un pas rapide mais sans hâte, s'asseyaient lentement, avec une certaine nonchalance, et à peine avaient-ils un appui sous leurs cuisses qu'ils plongeaient dans un sommeil profond et tranquillisant. Ils avaient la bouche ouverte, leur tête dodelinait, leur buste basculait vers l'avant ou le côté, vers leurs voisins de siège qui, pour leur part, dans un mouvement lent mais constant, commençaient à basculer vers le suivant, changeant de direction d'oscillation quand la rame freinait trop fort, exécutant ainsi sous mes yeux, par vagues coordonnées, une chorégraphie de la fatigue. Les rares à être insomniaques, comme moi, et à être assis là, tout aussi exténués, tentaient de se divertir avec leurs petits ordinateurs, ou du moins de se défaire de l'importune proximité physique de leurs voisins emportés par les rêves. Certains, qui n'avaient pas trouvé de place assise, dormaient aussi debout, une main tenant la poignée, l'autre l'attaché-case. À intervalles réguliers, les têtes des dormeurs remontaient brusquement vers le haut, s'immobilisaient un moment puis retombaient dans le rêve qu'ils avaient interrompu pour un court instant. Mais pas un seul ne ratait sa station. Peu avant leur destination, ils se levaient, là encore sans hâte et avec une certaine minutie, comme s'ils s'étaient consciencieusement préparés à ce moment et, sans avoir besoin du moindre point de repère, ils quittaient les voitures à peine le métro arrêté, les pupilles dilatées, et se noyaient dans la masse des marcheurs.

Je crus dans un premier temps que c'était ma propre fatigue, celle qui s'était pesamment accrochée à moi avec le décalage horaire, qui s'étendait autour de moi en décrivant des cercles, comme on l'observe souvent lorsqu'on bâille. Mais il me fallut bien constater par la suite que toute cette ville de Tokyo qui se déplaçait en métro et en train était en proie à un sommeil titubant.

– 14 –

Chantal s'était de plus en plus retirée. Ses propos devinrent plus cryptiques, nos conversations allaient en sens unique. Mon discours sur la photographie commençait à l'ennuyer, c'est du moins ce que je conclus de son silence. Son désir diminua brutalement, ce qui me vexa sans que je l'admette. Quand nous nous voyions ou quand nous nous écoutions, elle parlait du modèle climatique. Moi aussi, je ne tardai pas à perdre tout intérêt pour ses exposés souvent ennuyeux qui portaient sur des questions mathématiques de détail. Je dressais l'oreille, en revanche, lorsqu'elle se mettait à comparer l'univers algorithmique et fonctionnel des modèles climatiques aux projets de monde fictionnels, et l'écriture du code à la narration d'histoires. Ce n'était sans doute pas un hasard si c'était précisément au Café de Flore, sur le boulevard Saint-Germain, que Chantal me révéla qu'elle était justement en train de travailler sur « l'histoire de possibilité mélancolique et répétable à l'infini qui suit » :

« Si les gouttelettes d'eau réfrigérées dans les nuages de haute altitude se trouvent à proximité de cristaux de glace, les gouttelettes vont se vaporiser en raison de la pression de vapeur saturante. Si les gouttelettes s'évaporent, la vapeur ainsi créée va geler au contact des cristaux de glace. Si une quantité croissante de vapeur se consolide pour former de la glace et si les cristaux s'encastrent les uns dans les autres, ils deviendront plus lourds. Si leur poids atteint un certain seuil et que le courant ascendant ne les porte plus, ils vont commencer à tomber. Et s'ils franchissent dans leur chute le point de fonte, il pleuvra de grosses gouttes. »

Il s'agit, dit Chantal au Café de Flore, de l'une des petites strophes dans le grand poème du modèle climatique, et je pense qu'elle se plut au moment où elle prononça ces phrases. Chantal disait qu'il s'agissait d'un poème du monde décrivant la fragilité de ce gigantesque artifice qu'est la terre, que l'on ne peut plus concevoir comme une entité naturelle, une base, mais comme une construction et un véhicule cosmique, dépendant de l'être humain et vulnérable aux pannes. À l'époque, je l'avais traitée de poète décadente et j'avais ri. Chantal m'en avait voulu et s'était tue le reste de la soirée. En réalité, m'expliqua-t-elle une autre fois lors d'une de ces conversations téléphoniques qui devenaient de plus en plus rares, eux, ceux qui travaillaient sur les modèles climatiques, étaient des conteurs. À cette différence essentielle près que l'on n'y était pas confronté au paradoxe habituel, le fait que l'on vivait certes vers l'avant, mais qu'on racontait vers l'arrière, depuis un point final, le regard dirigé vers le passé. Dans le cas des modèles climatiques, en revanche, il s'agissait d'une narration orientée vers le futur, cyclique, reprenant toujours au commencement, se corrigeant sous forme de possibilités qui, toutefois, étaient presque toutes sombres et dramatiques.

La dernière fois que je vis Chantal avant sa disparition définitive, elle se mit, alors que nous étions au lit, nus, après l'amour, à parler de l'évolution de l'algorithme du poisson. Dans la logique des simulations climatiques, le monde multiple composé par des milliards de poissons équivalait plutôt à une bouillabaisse délayée au niveau mondial, dit-elle à l'époque. D'une manière générale, le monde des modèles climatiques était singulier et fascinant. Elle rêvait, me dévoila-t-elle, d'abandonner sa vie profane et de vivre désormais dans le modèle algorithmique du monde. Alors, elle ne serait plus un individu, mais une variable dans ce phénomène unique qu'on appelait l'anthroposphère. En grec, disait-elle, *anthropos* signifie l'être humain, et *sphaira*, la sphère, elle faisait donc partie d'une grande sphère humaine englobant toute chose. La terre de la simulation présentait certes de gigantesques trous de plusieurs centaines de kilomètres et l'on ne ferait que se réveiller brièvement toutes les vingt minutes puis disparaître à nouveau d'une manière mystérieuse. On ne serait de toute façon que l'hypothèse d'une hypothèse d'une hypothèse. Mais en regroupant le tout, on arriverait sans doute à ce qui représenterait le mieux sa façon d'être générale.

– 15 –

Je le ressentis peut-être pour la première fois à ce moment de mon enfance où ma mère me lut un épisode du *Baron de Münchhausen* de Gottfried August Bürger, celui où le baron menteur monte sur la Lune à l'aide d'un haricot grimpant turc. Dans l'édition médiévale que mon grand-père, je crois, avait déjà lue à ma mère quand elle était petite, l'illustration correspondant au voyage sur la Lune montrait

Münchhausen sur la tige de haricot qui, peu avant d'atteindre l'astre, regarde la Terre qui vole, comme orpheline, dans l'espace. Münchhausen donnait l'impression d'être à peine accroché à la mince tige de la plante et de pouvoir tomber à n'importe quel moment dans le néant infini. Ce fut un premier effroi métaphysique, celui que m'inspira l'image de la Terre observée depuis la Lune, dans sa minuscule entièreté. Jusqu'alors, cette sphère n'avait été pour moi qu'un simple concept, et j'associais de manière diffuse le mot « Terre » à la ruelle, au parc, à la ville dans laquelle j'avais grandi, bref : à l'horizon de mon monde de l'époque. Toutefois, le regard porté d'en haut sur l'entièreté du monde, la petitesse minuscule de ma propre existence et, par suite, celle de la Terre dans le cosmos, m'emplit d'une angoisse qui ne m'était pas compréhensible et ne pouvait pas être ramenée à un concept. Ce soir-là, il fut presque impossible de me tranquilliser et tous les mots d'apaisement prononcés par ma mère, y compris ses mensonges bien intentionnés, ne servirent à rien.

– 16 –

Le congrès au cours duquel nous fîmes connaissance, Chantal et moi, était intitulé *La Modélisation du monde* – un symposium interdisciplinaire au cours duquel les scientifiques de la nature et de la culture les plus divers, les développeurs de logiciels, les artistes et les auteurs se consacraient aux pratiques de la production de réalité et faisaient front commun contre la thèse kantienne selon laquelle il ne pouvait pas exister d'image du monde. Chantal tint dès le premier jour une conférence sur les modèles climatiques globaux et il est certain, en tout cas, que je ne fus pas le seul à être ensorcelé par ses propos intelligents et pleins d'ironie. J'étais moi-même invité en tant qu'artiste. La perspective de tenir une conférence devant ce public qui m'était étranger m'avait valu des nuits blanches. Après que j'eus rencontré Chantal – au cours de cet épisode grotesque au supermarché, devant l'université – je fus en chute libre, subjugué par le sentiment de l'imposture. Le cœur battant, avec des poussées de sueur, je m'enfermai dans les toilettes de l'université. Je vomis à deux reprises.

C'est au succès de mes *Miniatures de la déchirure du monde* et de mes *Paysages imaginaires* que je devais cette invitation au symposium. Le plus souvent, mes travaux naissaient lors d'un voyage dans des lieux choisis : installations industrielles désaffectées, établissements médicaux, décharges, grandes villes, décors inhabituels. Il m'arriva ainsi, un jour, de me rendre dans la province du Guangdong, au sud de la Chine, où un grand investisseur avait bâti une copie du village de Hallstadt, dans les Alpes autrichiennes, puis de reprendre ma route vers Tianducheng, où tombait peu à peu en ruine une réplique de Paris, devenue orpheline. Pour une autre série de photos, je me suis rendu à Prypiat, dans la zone interdite de Tchernobyl. Une fois arrivé, l'étape suivante consistait à faire des photos avec mon vieux Leica, des notes visuelles qui, plus tard, me serviraient d'esquisses. À Prypiat, j'ai expérimenté une nouvelle étape intermédiaire. Je me suis mis à faire sortir clandestinement de la zone des matériaux contaminés : terre, sable, feuilles, petites branches, pierres, écorces, plumes et os. Mais aussi des restes de tissu, des éclats, des tessons de verre, de la rouille, de minces pellicules de peinture et de petits morceaux de mur. Avec ces produits de contrebande dissimulés et, ultérieurement, préparés, je construisis, de retour dans mon atelier viennois, des maquettes de la ville délabrée et d'autres du paysage déserté – des miniatures fidèles jusque dans le détail que je modelais sur la base de mes esquisses photographiques.

Je reconstituais, j'éclairais abondamment puis je photographiais de nouveau les maquettes, cette fois, cependant, avec un coûteux équipement numérique. Je retravaillais le résultat à l'ordinateur. Les photos étaient imprimées en grand format. Au bout du compte, elles étaient d'une dimension plusieurs fois – souvent vingt fois – plus grandes que les miniatures photographiées. Au premier regard, on pourrait les prendre pour des prises de vue réalistes. Mais quand on y regarde de plus près, un malaise s'installe, que l'observateur, le plus souvent, ne peut pas désigner nommément. Quelque chose ne colle pas.

Chantal, qui vint me voir après ma conférence, parla de détachement de Hopper. J'étais beaucoup trop retourné pour comprendre ce qu'elle disait vraiment. *La photographie d'une reconstitution de la photographie de la reconstitution de Paris. C'est un peu trop* sophisticated *pour moi, Jona Jonas !* Elle riait. Son visage était beau.

– 17 –

Après la disparition de Chantal, j'attendis pendant de nombreuses et longues semaines. Jour après jour, j'apaisais mes pressentiments et tentais de me divertir en pratiquant les activités les plus absurdes. J'écoutais et réécoutais de vieux disques, Patti Smith, Leonard Cohen, Klaus Nomi, Antony & the Johnsons, je passais des heures à contempler le mur, j'enchaînais les épisodes de séries de science-fiction des années 1960 et m'agaçais de ma léthargie envahissante. Je n'avançais pratiquement plus dans mon travail. Même s'il arrivait à Chantal de disparaître de cette manière, je ne parvenais pas à m'y habituer. Au bout de quelques semaines sans aucune nouvelle, je n'y tins plus et me mis à sa recherche. Un coup de téléphone à l'institut m'apporta le renseignement énigmatique que Chantal avait démissionné depuis plusieurs semaines déjà, qu'elle avait rendu son logement et que, sans donner plus de détails sur ses motivations et sur ses plans, elle était partie du jour au lendemain. Elle ne m'avait jamais rien dit de ses intentions. J'étais décontenancé et vexé, je me repliai sur moi-même, me recroquevillai dans mon lit comme un enfant capricieux, enveloppé dans mes couvertures, avec mes bouillottes, mon vieux nounours sorti de cartons que j'avais longtemps cru perdus, et des mouchoirs pour éponger mes larmes. Au bout de quelques jours, l'inquiétude reprit le dessus et je décidai, avec hésitation, d'aller voir la police. Et si, me demandais-je, sa sombre tendance à l'accablement et à la démence, qui ne l'avait jamais totalement abandonnée, avait repris ses aises, s'était propagée en elle, et l'avait poussée vers un quelconque abîme ?

Le policier, un homme petit et gros, le visage rouge, des bacchantes mal rasées, m'écouta, sourit en biais et dit : « Nous ne pouvons quand même pas nous occuper de chaque rupture amoureuse, mon jeune ami. »

– 18 –

De Chantal, il n'y avait aucune trace.

Je me trouvais à la gare de Shinjuku, à Tokyo, dans laquelle trois millions de personnes se pressaient chaque jour ; j'étais dans un passage, ma vieille petite valise à la main, immobile comme un monument, seul point fixe au milieu d'un flot de marcheurs qui me contournaient, et je regardais autour de moi, ridiculisé à mes propres yeux, je regardais les centaines de milliers de corps qui passaient devant moi sans me toucher, décrivaient des cercles autour de moi de tous les côtés, comme au ralenti, des visages, des jambes, des bras qui s'élançaient, des sacs, des ordinateurs, des chaussures qui claquaient, je voyais les caractères étrangers, j'entendais cette langue incompréhensible et j'étais profondément honteux de ma naïveté. Comment donc avais-je pu croire qu'il suffirait que je vienne ici pour trouver Chantal en deux temps et trois mouvements ? Dans une métropole de trente-cinq millions d'habitants ? Que je sortirais, peut-être, une photo de ma poche et demanderais à une gentille dame, au kiosque : Auriez-vous vu cette femme, par hasard ? Oui ? Et dans quelle direction allait-elle ? Ah, par là ! C'est très aimable à vous. Merci beaucoup !

Je suis resté là longtemps, immobile, ma vieille petite valise à la main, sans force et incapable d'agir. Ensuite – sans doute sous l'effet du heurt avec un passant qui avait trébuché – je me suis mis en mouvement et je suis parti, sans but, je me suis laissé dériver avec la masse des marcheurs. J'aurais peut-être dû me chercher un hôtel, j'aurais pu m'asseoir dans un café et réfléchir à ce que j'allais faire. Peut-être aurais-je simplement dû faire demi-tour, revenir à l'aéroport, acheter un billet et rentrer chez moi. Au lieu de cela, incapable de trouver la force de prendre une décision, je mis simplement un pied devant l'autre et en éprouvai un peu de soulagement. Je ne sais ni comment ni pourquoi, mais à un moment, après un certain temps d'errance presque inconsciente, j'ai constaté que, peut-être pour répondre au sentiment d'oppression qui m'étreignait, je suivais l'homme qui marchait devant moi. Il portait un costume à rayures fines et, comme je pouvais le discerner par-derrière, une chevelure certes ébouriffée mais néanmoins coiffée à grands frais. Il s'agissait, supposai-je, d'un blanc-bec du monde des affaires de Tokyo, peut-être tout juste sorti du lycée ou de l'université, faisant sa première année dans l'entreprise, même si je distinguais dans son maintien l'attitude de l'homme riche. Je n'avais pas encore vu son visage. Je m'accrochai donc à ses talons, le suivis dans les couloirs, les passages, sur les escaliers roulants, devant les marchands de nouilles souterrains, les *convenience stores* et les boutiques, jusqu'à ce que nous sortions enfin à l'air libre où il s'immobilisa et regarda sa montre, si bien que dans un moment d'inattention je manquai lui passer devant. Puis je me mis sur le côté, je tentai, quoique maladroitement, de faire comme si j'étais en train de lire, dans une vitrine, des caractères que, bien entendu, je ne comprenais pas. Je m'efforçais au contraire d'y voir des images, des pictogrammes : ici un fossé, là un visage grimaçant, là encore, avec beaucoup d'imagination, un oiseau qui battait des ailes. Je me trouvai ridicule, fis une mimique de dédain à propos de moi-même et m'apprêtai à tourner simplement les talons et à poursuivre mon chemin tout seul, honteux, où qu'il mène, dans une direction quelconque, pourvu qu'elle me conduise ailleurs. Mais je n'y parvins pas. Je dus m'avouer que cet homme au costume rayé et aux cheveux en bataille m'était déjà devenu, au cours des quelques minutes où je l'avais suivi, ce que j'avais de plus familier et de plus proche à cet instant, une ancre dans ce nouveau monde, presque un ami, et l'idée de l'abandonner me donnait des frissons dans le dos. C'était impensable. Mieux, la vue, par exemple, de la mèche de cheveux qui débordait de manière particulièrement saillante à gauche de sa nuque, m'inspirait un sentiment de bien-être, presque comme si j'avais cent fois essayé de la dompter, avec amour, mais sans succès. Je tentai prudemment d'observer l'homme en face de moi, mais il se tenait une fois de plus de telle sorte que son visage me resta dissimulé. Il paraissait indécis, il fouilla dans les poches de sa veste, finit par en sortir un porte-monnaie, en vérifia le contenu, le rangea et reprit son chemin, d'un seul coup très pressé, peut-être aussi porté par l'inspiration, tourna dans l'une des ruelles animées pleines de salles de jeu, de bars, de boutiques d'électronique et de gargotes à rāmen. J'attendis un moment pour ne pas me faire remarquer, puis je le suivis, tournai comme lui, lentement, discrètement, je jouais le rêveur, mais lorsque je fus moi aussi dans la rue, ce fut pour constater avec effroi que je ne l'y voyais plus. Il y avait trop de gens ici, une mêlée, un grouillement bien trop dense qui s'étaient emparés de moi. Je me mis à marcher plus vite, à courir, pris d'une peur soudaine, je crus pouvoir distinguer sa coiffure à une certaine distance, mais fus refoulé par le flot des passants qui avançaient à contre-courant. Je me frayai un chemin dans la foule qui s'était formée devant l'entrée d'un hall de pachinko, passai devant une petite mascotte bizarre qui semblait être tombée d'un autre monde et qui, hurlant dans un mégaphone, faisait, c'est du moins ce que je supposais, la réclame des machines à jouer, je cognai avec ma vieille petite valise le genou nu d'une jeune fille maquillée comme une poupée qui poussa un cri strident, puis repris d'autant plus vite ma course, effaré, en regardant derrière moi, et rentrai ainsi de plein fouet dans un piéton. Celui-ci se retourna, me regarda, sourit. C'était l'homme au costume gris et aux cheveux en bataille. Il avait le visage d'un vieux. Moi, tétanisé par la peur, je ne dis rien et me contentai de le dévisager. Il s'inclina devant moi, présenta ses excuses comme s'il avait fait quelque chose de travers et s'engouffra dans l'entrée d'un bâtiment situé non loin de moi.

Je restai debout quelque temps, observai des moues, des décolletés, des regards taquins de jeunes filles aux yeux brillants et qui paraissaient beaucoup trop grands. Car le panneau qui se dressait à côté de l'entrée était une publicité où l'on voyait des séries de photos de femmes lascives et dévêtues, exposées comme pour une vente. Je tournai les talons.

Chantal me manquait. Je marchai, seul, dans les rues de Tokyo.

– 19 –

Ilulissat, Groenland, le 4 février 2011

Cher Jona,

Je te remercie pour ton message, qui me réjouit autant qu'il m'inquiète. Je me demande si Chantal sait apprécier ce qu'elle a en toi. Je crains que non.

Moi-même, je l'ai vue pour la dernière fois il y a un peu moins de six mois, et depuis, effectivement, je n'ai plus eu aucune nouvelle d'elle. Maintenant que j'écris cela, je me fais des reproches pour l'avoir, peut-être, laissée tomber dans une période difficile. Manifestement, elle ne se portait pas bien. Mais juges-en par toi-même.

Chantal était démontée. Elle ne trouvait pas le moindre instant de calme pour m'écouter ne fût-ce qu'un moment. Elle s'était rendue, m'expliqua-t-elle, dans la bibliothèque privée de je ne sais quel savant. Elle parla longtemps de cette bibliothèque. Le point décisif est qu'elle y trouva le livre. Ou la machine, comme elle l'appelait. Un exemplaire de l'*Ars Magna* du scolastique Raymond Lulle. Une édition de cette œuvre remontant au début du XIIe siècle, provenant du fonds personnel de Gottfried Wilhelm Leibniz, c'est du moins ce qu'affirmait Chantal. Tu aurais dû la voir quand elle parlait de ce livre. C'est ainsi que l'on décrivait dans la littérature du XIXe siècle les jeunes filles en proie à leur premier vertige amoureux. Elle était fébrile. Pas comme dans la folie. Mais dans le don de soi. Ses yeux. Bouleversants. L'*Ars Magna*, le « grand art », était la première machine à penser de l'histoire, disait Chantal. À la fois machine et livre, un projet, une étonnante horloge à algorithmes qui se présentait sous forme de dessins, de cercles et de tableaux. Elle se fondait sur les idées de la cabale juive et sur le zairja, un instrument conçu par les astrologues arabes qui, affirme-t-on, permet de générer des idées par des moyens mécaniques. L'*Ars Magna*, cette machine du savoir, devait donc, par combinaison mécanique, mener des concepts aux connaissances. Telle était la singulière idée. Magie verbale ? Ou simplement logique formelle ? L'art de Lulle visait à établir ce qui, en chaque objet, était déterminable, différenciable et démontrable. Mieux, l'espoir de Raymond Lulle était qu'il recèle toute déclinaison possible et sensée de la connaissance. Dans le langage. Et par le biais d'un système de combinaisons logiques. Une machine qui devait mener à la connaissance absolue, comme le disait Chantal. Et elle, y croyait-elle, à cette machine ? À sa vérité ? Pas le moins du monde. Mais elle était captivée par la démesure et la beauté de cette idée. Et elle était loin d'être la seule, comme elle le souligna à plusieurs reprises. Giordano Bruno, Francis Bacon, Leibniz. Et bien d'autres après eux. Elle disait : C'est une compagnie acceptable, tu ne trouves pas ? À elle seule, disait Chantal, la présentation de cet appareillage est un plus grand chef-d'œuvre que tous ceux qu'on a jamais réalisés. Un livre impénétrable aux jugements fallacieux et trompeurs, un mécanisme de vérités infinies, de variations infaillibles, de révélations à l'affût, de superpositions de lumière. Comment pouvait-on ne pas l'interroger jusqu'à l'absurdité, jusqu'à la multitude de questions ?

Mais si l'on regardait les choses avec lucidité, selon Chantal, si l'on mesurait cette machine à penser à l'aune de ses propres prétentions, il n'y avait qu'une seule conclusion valide : elle ne fonctionnait pas. Plus encore : l'*Ars Magna*, présenté avec l'objectif de la connaissance totale, était par sa nature profonde un appareil aléatoire, une machine pataphysique et poétique de l'absurde qui ne produisait jamais rien de plus que des solutions imaginaires, plus apparentée au *Mode d'emploi pour la composition de valses à l'aide de deux dés* de

Mozart ou aux sculptures absurdes de Jean Tinguely qu'à la pascaline ou à la machine de Turing.

Elle parla ensuite, sautant de manière erratique d'un sujet à l'autre, de Leibniz et de sa conception d'une langue rationnelle, d'une langue universelle qui n'était pas composée de mots, mais de réflexions, dans laquelle tous les problèmes, même ceux de la métaphysique, seraient de ceux qu'on pourrait calculer comme une équation mathématique et, du même coup, résoudre. Tout jugement erroné n'y serait qu'une erreur de calcul. Les théologiens, les philosophes et les scientifiques, tel était l'espoir de Leibniz, n'auraient plus à mener de discussions interminables ni à se livrer à des disputes. La connaissance ne serait plus un lieu à prendre par le combat. Ils s'installeraient ensemble à la planche à calcul et compteraient pour trouver la vérité unilatérale et incontournable. Un beau conte du XVIIIe siècle, Chantal l'admettait.

Deux pratiques – c'est ainsi que Chantal les appelait – étaient manifestement à ses yeux liées à tout cela ; elle les exerçait, elle se les était en quelque sorte imposées, non, elle était forcée de les exercer. Je crois qu'elles étaient pour elle une nécessité, qu'elles lui permettaient de conjurer ces étranges démons qui la tourmentaient et qu'aujourd'hui encore je ne m'explique pas. T'a-t-elle jamais raconté son rituel matinal de l'écriture ? Il t'est certainement arrivé de pouvoir l'observer. Chaque jour, de cinq heures à six heures, elle écrivait. Elle donnait à ces textes le nom de *Cahiers*. Il s'agissait d'une activité singulière aux allures surannées, un exercice de réflexion et de questionnement de soi, comme l'appelait Chantal. Les Cahiers devaient constituer une exploration systématique d'elle-même effectuée au fil de longues années d'exercice et de plongée par la pensée, une recherche critique sur soi-même, dans le langage, dans l'écriture. Ils devaient soumettre et dévoiler ce Moi dans sa ramification, dans sa complexité, mais aussi dans sa banalité et dans sa généralité, à une interrogation permanente. L'écriture devait arpenter la frontière entre le caractère purement général de son Moi pensant et ressentant, c'est-à-dire entre les modèles et les trajectoires de celui-ci, donnés par la langue et la socialisation, et c'était à l'écriture d'arpenter ce reste, l'unique, l'indicible qu'il était aussi. Non pas avec l'objectif de s'être, le jour venu, intégralement comprise et couchée sur le papier, cela, Chantal le jugeait totalement exclu, mais en se donnant pour but de rendre compte du caractère processuel de sa propre pensée.

Elle écrivait sur elle-même. Ou bien elle s'explorait par l'écriture. Cela peut paraître étrange, mais il n'y avait rien de plus là-dedans. Cela dit, pour Chantal, ce n'était que le premier pas. Le deuxième, c'était la formalisation dans le code. C'est l'*Ars Magna* qui lui avait donné cette idée. Elle parlait de la beauté de la logique formelle. Elle en trouva des traces dans ce livre de Raymond Lulle tout autant que dans le code de programmation de la technique informatique moderne. Elle rêvait de se dissoudre elle-même dans la pensée. C'étaient ses mots. Et la langue des algorithmes lui apparaissait comme la manifestation la plus claire de la pensée. Comme une forme de récit supérieure à la littérature. Dans ses Cahiers, disait-elle, elle pensait. À l'institut, elle transposerait ce qui était écrit en signes du code. Je me permets d'écrire que cette idée se situait vraiment à la frontière de la folie. Un projet égomaniaque, un reflet de soi-même, peut-être un fantasme de mort. Non, c'était une provocation, rien de plus. Elle voulait se coder elle-même, se concevoir elle-même comme un faisceau d'algorithmes. Mais cela ne suffisait pas. Elle intégrerait les algorithmes d'elle-même dans le modèle climatique. Elle parlait d'implémentation de son moi dans la machine. Comme une conscience en modèle réduit qui tourne largement à vide dans un grand modèle fonctionnel. Comme une absurdité, une absence de signification dans un monde qui ne connaît que les dimensions physiques, qui se contente de simuler des processus et des enchaînements, la transformation de la pression atmosphérique, de la température, de la teneur en CO_2, du niveau des océans, etc. Inscrire dans le modèle climatique un corps étranger qui tourne à vide parce qu'il a de tout autres paramètres, des abstractions totales, le bonheur, la peur, la santé, l'espoir, oui, la beauté aussi, bien entendu, le tout dans des nuances infinies. Un corps étranger qui y est transposé dans un espace abstrait, apparemment dénué de signification et pourtant comme une volonté qui s'y insinue, une toute petite, mais qui pourrait peut-être produire les plus grands effets. Elle avait, dit-elle, succombé à la magie des simulations numériques, des algorithmes et des chiffres en général. Dans le même temps, elle est prise de frissons quand elle observe l'abstraction de ce monde. Elle trouve son utilitarisme aussi essentiel que repoussant. Ce qu'il nous dit, à nous, humains, sur notre avenir, est à peine supportable. Elle, Chantal, devait en tout cas se confronter à la finalité du projet, en ce qu'il n'avait ni sens ni signification. En tant que formule poétique, qu'omission, qu'inéquation.

Cher Jona, tu peux imaginer à quel point cela m'a paru déconcertant. D'autant plus que j'ai effectivement le sentiment qu'elle parlait sérieusement. Quelque chose l'avait mise dans une effroyable colère. Quelque chose dont, je le supposais, elle ne parlait pas ou ne pouvait pas parler. À la place, il y avait ces fantasmagories bizarres. C'était sans doute sa manière de se dresser contre la réalité. Elle me demanda aussi mon opinion. Je ne pus faire autrement que de lui dire que cela me faisait l'effet d'une absurdité mégalomane qui ne pouvait satisfaire à aucune exigence de scientificité. Sans un mot de plus, elle se leva et sortit. Depuis, nous ne nous sommes plus donné de nouvelles.

J'espère sincèrement que Chantal va bien et je te souhaite, cher Jona, toute l'énergie et l'endurance nécessaires dans ta tentative d'élucider cette affaire. Si tu trouves Chantal, dis-lui, je te prie, que je suis désolé, et serre-la fort dans tes bras de ma part. Et tiens-moi au courant, je te prie, s'il y a du neuf.

Chaleureuses salutations,
Elias

P.-S. : As-tu déjà contacté Yves-Alain Laurant ? C'est un vieil ami de Chantal, et à ma connaissance il vit à Tokyo.

– 20 –

Cher Elias,

Tandis que des révolutions sont en cours quelque part dans le monde (certains soirs, dans les bars d'hôtel, je reste là à regarder fixement, sans rien dire, le souffle court, les images des chaînes d'information qui défilent sur les écrans), tandis que les gens marchent dans la rue pour réclamer bel et bien un autre monde, je ne célèbre que ma révolution très personnelle, absurde, qui n'aura jamais lieu, j'erre dans les rues à la recherche d'un fantôme. Mes motivations me sont à moi-même énigmatiques (même si je ressens en mon for intérieur, tout comme en Tunisie, en Égypte, en Algérie ou en Libye, une nostalgie latente derrière toute chose, mais cette analogie est sans doute absurde et n'est nullement admissible). Le monde me devient aussi incompréhensible que moi-même. Il se trouve que c'est aussi la raison pour laquelle je t'écris. Il ne s'agit pas de Chantal. (Et naturellement il s'agit d'elle.) Ce que tu m'écris dans ta dernière lettre me laisse pantois. En réalité, je n'avais aucune idée de ce qu'elle devenait. Je te suis en tout cas reconnaissant pour chacun de tes mots. Y compris pour l'allusion à Yves-Alain Laurant. Je lis souvent ta lettre et j'y trouve de la consolation. Même si l'inaccessibilité de Chantal me vexe, même si je me demande si j'ai jamais eu une importance à ses yeux. Tu as dit un jour qu'elle m'aimait *trop* ? Qu'elle avait peur ? Je te croirais certes volontiers, mais tout cela me plonge simplement dans la rage et la tristesse. Ce qui m'effraie tout autant, c'est la gravité que tu décris en elle. Je la reconnais très bien en cela, dans ce que j'appelle ses petits jeux poétiques. J'ai toujours interprété ainsi ces moments où elle se mettait à sauter du coq à l'âne, c'est même ce que j'aime en elle, cette manière de quitter les rails rigides de la pensée scientifique. Mais où tracer la frontière entre de telles échappées de l'imagination et le dérapage effectif hors de la réalité ? Entre les lignes de fuite du réel et du démentiel ?

De Chantal, en tout cas, il n'y a toujours aucune trace. Et cela étant dit, tout est déjà dit.

Je t'écris donc plutôt, même si cela t'étonnera peut-être, à propos d'un sujet qui me concerne personnellement. Puis-je te relater quelques faits qui me sont arrivés ici ? J'ai de la chance, car tu ne peux justement pas répondre à ma question par la négative. Sans doute marches-tu à l'heure qu'il est d'un pas lourd sur la glace du Groenland, sans doute te livres-tu à tes recherches dans cette obscurité qui dure des semaines entières, aspirant à la fin de la nuit polaire, aux premiers rayons de soleil qui, après des mois de ténèbres, se déposent à angle plat sur la glace, et tu ne devines pas qu'à ce même moment, de l'autre bout du monde, je t'écris déjà de nouveau. (Non, le monde n'a pas et ne prend pas de fin.) Tout est singulier. Je commence à douter. Tout se passe en effet comme si, dans ces lieux, je...

Arrivé là, j'interrompis la lettre.

– 21 –

Il y a dix semaines environ, au matin du 17 décembre 2010, le jeune marchand de légumes Mohammed Bouazizi se tenait à son emplacement habituel dans la petite ville isolée de Sidi Bouzid, en Tunisie, et vendait des fruits sur une charrette en bois : poires, pommes, mandarines. Vers onze heures, des gardiens de l'ordre confisquèrent ses marchandises, mais aussi sa balance électronique, un objet particulièrement précieux pour lui. Toutes les objections, plaintes et protestations du marchand furent rejetées. Peu après, il était tout juste midi, le jeune homme s'aspergea d'essence devant le siège du gouverneur et s'immola. Un cousin parvint à filmer avec la caméra de son portable l'évacuation du corps calciné. Quelques heures plus tard, les images étaient sur Internet et se propageaient de manière virale. La chaîne de télévision Al Jazeera les diffusa dans tout le monde arabe. Des troubles éclatèrent en Tunisie. Dans tout le pays, des gens descendirent dans la rue pour protester contre les répressions du régime autocratique. Le détenteur du pouvoir, Ben Ali, se réfugia à l'étranger.

L'étincelle de la révolution passa dans d'autres pays. Ce sont bientôt des millions de personnes qui, en Égypte, au Bahreïn, au Yémen, en Jordanie, en Libye, au Maroc, en Syrie, en Arabie saoudite et ailleurs, se rebellèrent contre l'oppression et les inégalités sociales. Un petit élément déclencheur provoqua un immense incendie. Qu'en dirait Chantal ?

Elle était toujours déchaînée quand nous discutions. Dans ces moments-là sa voix était rauque et belle. Elle tremblait parce qu'elle pouvait faire ses preuves. Parce qu'elle s'enivrait de sa propre perspicacité et du pouvoir qu'elle sentait alors en elle. De sa supériorité. Alors qu'en réalité, Chantal était vulnérable comme une jeune fille. Nous ne nous disputions pas. Nous nous taquinions. Nous pensions ensemble. Dans la division. Dans la rencontre dialectique. Nous fanfaronnions, nous exagérions nos points de vue pour les confronter à la raison de l'autre. Quand des amis étaient présents, ils étaient souvent effrayés par nos piques et nos attaques impitoyables. Nous, en revanche, ressentions cela comme un jeu intime, tendre et excitant. (À moins que je n'aie été le seul à le vivre de cette façon ?)

Un jour, nous étions ainsi installés dans mon appartement viennois à boire du pinot noir bas de gamme et à discuter. Le prétexte avait été l'annonce que j'avais faite à Chantal : j'accompagnerais – quelques jours plus tard – une organisation à Port-au-Prince, en Haïti, pour y photographier l'effroyable famine qui y régnait et les émeutes qui s'y déroulaient, ce que Chantal jugea « parfaitement bizarroïde et d'une naïveté inquiétante ». Des mots qui me vexèrent, me bouleversèrent et m'éloignèrent d'elle, du moins sur le moment. (Chantal s'exprimait toujours avec mépris dès qu'il était question d'engagement politique, de militantisme actif et d'art politique en particulier. Nous en étions presque venus aux mains, un jour, pendant une discussion sur les Pussy Riot.) Mais cette première charge passa rapidement au second plan et notre entretien se déplaça vers les généralités, autant dire dans un domaine où Chantal se sentait nettement mieux.

« De quoi je parle ? répéta-t-elle froidement. De cette chimère de l'intention, de l'acte et de la conséquence. »

Je trouvai ridicule son ton prétentieux et professoral.

« Je crains que tu ne doives développer cela un peu plus précisément. »

Chantal me lança un regard dédaigneux, trempa les lèvres dans le vin et grimaça.

« Je veux dire que dans ce territoire embrouillé qu'est notre monde et qui ne peut être appréhendé ni sur le plan mathématique ni sur le plan théorique, toute action que l'on commet volontairement peut avoir de tout autres effets que ceux qu'on avait prévus... »

Ce ton ! Et ce frémissement dans le regard.

« Tu proposes donc qu'au lieu de s'abandonner aux impondérables de l'action, on aille plutôt se réfugier sous la couette.

– Quand on le fait à deux, ça ne paraît pas totalement irrationnel. » Elle me caressa la main. Je la retirai énergiquement. Elle sourit. « Ce que je voulais dire : ou bien – et c'est le plus souvent le cas – notre propre activité tourne à vide et se transforme en pétard mouillé... »

Je lui coupai la parole.

« Nierais-tu que le monde dans lequel nous vivons est totalement modelé par l'homme ? Et qu'en conséquence, nos actes produisent des effets incontestables ?

– Mais laisse-moi donc poursuivre, pour une fois, d'accord ? »

Je haussai les épaules et bus mon verre de vin d'un trait.

« Donc : ou bien l'action reste sans effet, ou bien, dans les cas les plus improbables, elle met en mouvement quelque chose d'incontrôlable. C'est alors cet infiniment petit, ce battement d'ailes légendaire du papillon qui, même à grande distance, peut déclencher des ouragans et qui est même capable, va savoir, de faire vaciller l'ensemble. Mais s'il le fait, c'est, avec un degré élevé de probabilité, dans des proportions involontaires.

– Et que dirais-tu si j'étais un papillon de ce genre-là ? »

Le baiser de Chantal – une manœuvre purement tactique.

« Tu l'es très certainement, Jona. Mais ça ne change rien à ton imprévisibilité. »

Elle était d'une beauté excitante.

« Il se peut, par exemple, que deux plaques tectoniques glissent l'une vers l'autre pendant des décennies ou même des siècles, imperceptiblement, lentement, de plus en plus près, de telle sorte qu'une pression irrégulière s'exerce le long d'une ligne de tension. Mais ensuite, à un moment, de manière totalement imprévisible, cela survient. À un point critique, cette association fragile, l'interaction des forces, se transforme. D'un instant à l'autre, la structure de son comportement change et les tensions se déchargent dans un gigantesque tremblement.

– Une révolution n'est rien d'autre que cela !

– Si tu veux, mais c'est loin d'être suffisant pour lui donner un sens ! Ça ne rend pas le monde plus beau ! On peut avoir les intentions les plus miséricordieuses qui soient, les conséquences sont le plus souvent atroces. La Révolution française. Une émeute de la faim. Et quelle a été la conséquence ? Le pain n'a pas tardé à être encore plus cher qu'auparavant. Et les idées d'égalité et de liberté se sont achevées dans un massacre dénué de tout esprit ! Les révolutions du xxe siècle : la Russie ! Cuba ! la Chine ! Où l'utopie n'a-t-elle pas été dévoyée pour devenir le summum du cauchemar ? »

Je m'étranglai avec mon vin.

« Mais quel genre de Française minable es-tu, Chantal ? Tu ne m'as pas raconté que dans le temps, toi aussi, tu as agité le drapeau rouge ? » Un rire sec. « Tu ne trouves donc pas que cette ouverture est excitante ? Cette folle capacité de l'être humain à commencer quelque chose de parfaitement nouveau, dont les conséquences ne sont pas prévisibles ? Si tu veux mon avis : c'est dangereux – soit. Mais tu en tires les mauvaises conclusions ! Quand on préfère ne pas agir plutôt que de s'engager vers un futur incertain, alors c'est la fin de toute responsabilité. Mais enfin ! Dans ce cas-là, c'est la fin de la vie elle-même. Chacun peut tranquillement rester assis sur ses fesses et regarder en haussant les épaules les choses dévaler le torrent. Et c'est exactement ce qui se passe !

– C'est pour cela que nous essayons aussi de prendre le contrôle, de créer le bon monde, celui qui convient, et toute cette sorte de stupidités, au moyen de plans adaptés à nos buts, de théories, de modèles, de partis, d'organisation, de raison, n'est-ce pas ? Admirable. Et que se passe-t-il ensuite ? Nous courons après les événements. Nous analysons de manière lacunaire un problème au moment A, nous élaborons un plan de solution douteux au moment B, nous transformons le problème par la simple existence du plan de solution au moment C et nous mettons en œuvre ce plan au moment D, où il a lui-même sapé ses propres conditions, devenant ainsi obsolète et inutilisable. Alors retour au point de départ ! Et ça continue sans arrêt comme ça. Et il ne nous reste plus qu'à saloper le boulot et à batailler dans cette direction, dans un mélange d'ignorance et de nonchalance.

– Allons, Chantal ! Je t'en prie ! Que nous ne connaissions pas les conséquences de nos actes et qu'on ne puisse pas se fier à l'avenir, c'est le prix que nous payons – et que nous payons sacrément de bon cœur ! – pour le fait d'habiter avec d'autres sur cette planète, le prix pour le plaisir de ne pas être seul, pour la compréhension du fait que la vie est plus qu'un rêve bouleversant. À moins que tu ne souhaites qu'il en aille autrement ? »

Chantal me dévisagea et leva les sourcils.

« Je n'aurais pas de mal à renoncer aux humains. » Elle parlait sérieusement ? « Rien ne s'arrange. Aucune volonté, aussi noble soit-elle, n'a encore jamais rien amélioré. Au contraire. Chaque intervention rend les choses encore plus dévastatrices. Ça va empirer. Obligatoirement ! Ça va devenir plus complexe ! plus violent ! plus atroce ! Il n'y a pas d'histoire du salut, pas de progrès, pas de point de vue privilégié depuis lequel...

– Chantal, s'il te plaît ! Qui veut une chose pareille ? Je n'ai pas besoin de Dieu, de Kaiser ni de Politburo pour diriger mon univers. Je parle exactement du contraire ! De la manière de façonner le monde en commun, de la discussion !

– Ce que tu veux, c'est une discussion entre poules aveugles, Jona ! » Les yeux de Chantal étincelaient et divaguaient, elle avait le front plissé, le rouge aux joues. « Parce que chaque système – chaque être humain, chaque État, chaque entreprise, la nature, la politique, l'économie –, que ça te plaise ou non, ne fait jamais que s'observer lui-même et ne peut rien faire d'autre non plus, parce que chacun est enfermé en lui-même et n'a d'autre recours que son langage et sa manière personnels pour assurer sa survie et tirer, de cette observation, des conclusions sur son environnement.

– Oui, et alors ?

– C'est comme ça, par exemple, que l'économie observe la circulation de la monnaie. Et quand celle-ci est détruite, elle se dit : Hou là ! Il y a quelque chose qui ne va pas dans le monde. Il faut que je change quelque chose. Et elle change quelque chose pour rétablir le flux monétaire. Elle baisse, par exemple, le taux d'intérêt directeur. Elle ne peint pas de tableaux, elle ne plante pas d'arbres. L'économie est aveugle aux questions de beauté ou à celles du social. De la même manière que l'art est aveugle aux questions de la médecine, et que Lisbonne est aveugle à Kinshasa.

– Et que tu es aveugle à tout ce qui se situe en dehors de ton crâne, cette bulle qui ne cesse de se référer à elle-même, bon sang !

– Ça paraît plausible. Mais ce que je veux dire, c'est qu'il n'y a pas d'objectifs ni de langue qui puissent valoir pour tous.

– Tous ne me regardent absolument pas non plus ! Et pourtant nous devons essayer de créer par la parole un monde commun, des collectivités, des contrepoids politiques, des correctifs. Nous ne pouvons quand même pas nous dire : ça, c'est un automatisme de l'économie, ça un automatisme de la science, ça de l'écologie, de la technique, de la politique. Et face à cela, il n'y a que huit milliards de petits humains isolés, aliénés, des moutons de Panurge. Alors nous serions effectivement soumis au cycle naturel de ce processus déchaîné, alors nous serions seulement des créatures idiotes, des marionnettes vouées à la mort.

– Tu l'as saisi avec une grande précision et très joliment formulé.

– Mais enfin ça n'a rien d'obligatoire ! Ce que tu ignores, Chantal, c'est ce qui se passe entre les gens, c'est le politique. La discussion, l'agir ! Il interrompt le cours automatique des choses, il ose un recommencement, il prend l'initiative, il se risque. Il est improbable, OK, imprévisible, peut-être, mais c'est la seule chose qui ne cesse d'interrompre le cours du monde et la marche des choses humaines et de nous préserver de la catastrophe ! »

Chantal se leva et applaudit. Moi, les joues en feu, je m'inclinai, m'approchai d'elle et lui mordis doucement le cou.

Nous passâmes le reste de la soirée à faire l'amour. Quelques jours plus tard, je partis pour Haïti.

– 22 –

C'était une semaine avant mon départ pour le Japon, alors que la neige de janvier se pressait contre la fenêtre givrée, j'étais allongé depuis des heures dans le vieux fauteuil de salon de mon appartement, la tête en bas, dans un état d'immobilité presque complète. J'avais les jambes accrochées au dossier, le dos posé sur l'assise du siège, ma tête se balançait vers le bas comme on le fait d'ordinaire avec ses pieds, si bien que le sang s'y concentrait et que mes tempes se mirent à battre fortement. Le sol était blanc et vide, seul le plafonnier en émergeait et montait haut dans la pièce, les meubles étaient collés au plafond, le palmier en descendait, le poisson nageait à l'envers comme s'il était mort depuis longtemps. Depuis plus de vingt-quatre heures, je n'avais ni bu ni mangé, je n'avais pour être précis rien fait d'autre que respirer et, de temps en temps, fermer les yeux, les rouvrir et continuer à regarder fixement. Même les tentatives menées par Ophelia pour m'encourager restaient vaines : ses gestes amoureux, son blottissement, son frottement, ses petits coups de nez, sa manière de me lécher le visage et les mains, en dernier lieu son miaulement. Au bout d'un moment, elle abandonna et se retira, vexée. Quelque chose en moi semblait être en train de mourir. Mon corps était suspendu dans un monde à l'envers. J'avais l'impression de pencher vers un gouffre, je m'inclinai encore, regardai fixement dans cette chose sombre et béante qui poussait en moi depuis que Chantal était partie. La chose m'attirait. Elle m'appelait. *Tombe, Jona, tombe ! Je veux dire : ce noir qui embrasse tout. Cette heure profonde et obscure de la nuit.* Mourir doit donner cette sensation-là, pensai-je. On devient de plus en plus faible. Le monde disparaît. Parfois on a un sursaut, l'absence d'issue nous étrangle et on replonge dans le vide sourd des réflexions.

C'est alors que sonna le téléphone. Il était posé sur la table. On pouvait sans doute l'atteindre en pratiquant une certaine extension du bras. Et tel était bien le cas. Je ne sais pas où ni comment, mais je trouvai la force de m'étirer, de joindre les doigts, d'attraper. Un numéro inconnu. Je décrochai. Mon corps glissa au sol.

« Allô ?

– Je parle bien à Jona Jonas ?

– Jona Jonas, répondis-je pour m'en assurer moi-même.

– Pardonnez-moi mon appel. Mon nom est Natacha Petrakova. »

Je tentai de réfléchir clairement et, contre toute attente, j'y parvins. Je ne connaissais pas de Natacha Petrakova.

Il y eut un moment de silence, puis elle ajouta :

« J'ai travaillé avec Chantal. »

Et ce mot – Chantal – se répandit en moi comme quelque chose de vivant. La chose béante et sombre en moi.

« Vous connaissez Chantal, n'est-ce pas ? Chantal Blanchard, oui ? Vous avez appelé à l'institut, demandé de ses nouvelles, exact ? »

J'avais appelé à l'institut, demandé de ses nouvelles.

« Exact. »

Je tentai de retrouver mon souffle.

« Bien », dit la femme. Elle paraissait soulagée.

J'essayai de reprendre contenance.

« Vous savez où elle est ? » demandai-je.

Je ressentis soudain une soif insupportable.

« Désolée. Pas directement. Mais j'aimerais vous parler.

– Je comprends », dis-je sans comprendre.

Je cherchai de l'eau. Où y avait-il de l'eau ?

« Je prends demain à Berlin le train de nuit à destination de Vienne. Je poursuis ensuite ma route en direction de Zagreb. Mais si vous êtes en ville, vous pourriez venir à la gare. Ça vous conviendrait ? »

Ça me convenait ?

« Faisons comme ça. »

Comment savait-elle où je me trouvais ?

Le monde était en rotation.

– 23 –

L'ambassade de France ne m'avait pas indiqué si Chantal Blanchard se trouvait au Japon. Les collaborateurs des instituts universitaires des sciences de la physique et du système terrestre avaient haussé les épaules ou secoué la tête d'un air embarrassé. Une chercheuse française au Tokyo Institute of Technology m'assura ne pas connaître de Mme Blanchard, mais ajouta qu'elle-même sortirait volontiers au restaurant avec moi. Les amis de Chantal, ou ceux qu'on pouvait peut-être nommer ainsi, n'avaient à l'exception d'Elias pas répondu à mes messages. Que devais-je en penser ? Mon plus grand espoir avait été l'Earth Simulator 2 à Yokohama, un superordinateur avec lequel on calculait au Japon les modèles climatiques. Un jour, quelques années plus tôt, Chantal m'avait parlé avec de grands yeux brillants de cet ordinateur parallèle construit à grands frais et composé de dizaines de milliers de processeurs différents, de son grondement et de son ronronnement permanent, des quantités monstrueuses de données et de réalités hypothétiques.

Elle disait à l'époque que ce nouvel Earth Simulator était l'ordinateur de simulation le plus rapide du monde, et qu'elle rêvait de le visiter un jour. Où, sinon dans ce lieu, me disais-je, pourrais-je trouver Chantal ? On ne répondait pas à mes demandes. On étouffait mes appels téléphoniques dans des formules de rhétorique japonaises. Lorsque je m'y présentai en personne, on me proposa courtoisement de participer à une visite guidée d'une heure. J'y répondis d'un éclat de rire amer.

J'entrai dans le bureau d'Yves-Alain Laurant. (Ce fut mon unique petit succès idiot.)

Il s'agissait d'une maison japonaise traditionnelle, composée, toit et fenêtres mis à part, sans doute exclusivement de bois, de bambou et de papier ; elle se dressait avec un petit côté quasi muséal, en tout cas égaré, entre les nombreux étages des immeubles neufs et gratte-ciel avoisinants, comme le reste récalcitrant d'une époque naine et révolue. Dans le *doma*, le vestibule, j'ôtai mes chaussures, comme le voulait la coutume au Japon. De l'intérieur de la maison, Yves-Alain me cria de monter l'escalier, qu'il m'attendait en haut, et je fis, quoique hésitant et déconcerté, ce qu'il m'avait indiqué. Lorsque j'ouvris la *shōji*, la porte coulissante, et entrai dans la pièce, il était assis là, derrière son bureau, comme un roi déchu, il me regardait tranquillement et fumait. Yves-Alain devait être au milieu de la cinquantaine, il s'habillait avec élégance et simplicité, il avait des cheveux courts et argentés et un regard pénétrant que je sentais plus que je ne le voyais. J'étais là, un peu indécis, dans cet espace rempli de vieilles étagères, de livres, de piles de papier et de photographies en noir et blanc qui avaient quelque chose de surréaliste, hors du temps. Je jetai un regard fugace en direction d'Yves-Alain. Il avait les yeux verts.

« Venez. N'ayez pas peur. Asseyez-vous. »

Je m'assis sur une chaise de bois grinçante.

« Je vous sers du thé ?

– Volontiers. »

Il m'en versa dans une tasse ancienne faite main. Le thé était trouble et avait une note verte toxique qui semblait répondre aux yeux de mon hôte. J'en pris une gorgée. Il avait un goût amer.

« Vous êtes donc l'ami de Chantal ? »

Je haussai les épaules, levai les bras, perplexe, et refoulai un sombre sentiment.

« Jeune. Trop jeune », dit-il en me toisant et en prenant une bouffée de sa cigarette. « Nous avions sans doute votre âge à l'époque. »

Je trouvai son commentaire déplacé, mais ne dis rien.

« Comment va-t-elle ? demanda-t-il.

– Pour tout vous dire, c'est ce que je comptais vous demander. »

Yves-Alain secoua la tête, déconcerté.

« À moi ?

– J'avais espéré qu'elle vous aurait fait signe. »

Il souffla la fumée de sa cigarette, pencha la tête, me lança un regard interrogateur.

« Elle est au Japon, dis-je.

– Tiens donc ? C'est bien elle, ça, revenir sans dire un mot. Je n'ai eu aucune nouvelle de Chantal depuis plus de quinze ans. »

La dernière phrase sortit sèchement, sans émotion.

Et d'un seul coup mon espoir fut réduit à néant.

– 24 –

Petrakova était déjà là lorsque j'arrivai au point de rendez-vous, dans le hall de la gare. Elle se trouvait au bout du quai avec sa valise à roulettes et regardait à la ronde comme un animal anxieux. C'était elle, ça ne faisait aucun doute. Je la dépassai, m'assis sur un banc à quelques mètres de là, et l'observai. Elle ne m'avait pas remarqué. J'eus donc le temps de l'examiner en détail. Elle approchait peut-être la quarantaine, elle était grande et trop mince. Sa peau était d'une pâleur frappante. Ses longs cheveux bruns, sa frange, son rouge à lèvres rouge vif, son fard à paupières sombre – tout cela renforçait cette impression. Elle avait un air maladif, comme si elle n'avait pas vu la lumière depuis longtemps, elle était presque transparente, avec une tendance à l'étiolement, mais belle, indubitablement belle. L'idée me vint immédiatement qu'elle pourrait être la maîtresse de

Chantal. Je m'ébrouai pour chasser cette idée, mais il était trop tard. Elle reposait nue dans ses bras, nouée, avide et enivrante.

Petrakova regarda sa montre. Sept heures du matin venaient de sonner. Elle me chercha. Ses mouvements paraissaient agités, comme entraînés et exécutés avec trop de hâte. Mon cœur battait de manière tout à fait grotesque. J'inspirai et expirai une fois profondément, puis me levai. Je me dirigeai vers elle, mais elle sembla ne pas me voir. Nous nous observâmes un moment, mais son regard était vide, comme si elle ne percevait pas le moins du monde ma présence. Puis elle détourna la tête. Je me mis à douter. Ça n'était pas elle ? M'étais-je trompé ? Je m'arrêtai, déstabilisé.

« Natacha Petrakova ? »

Elle me regarda, quelques secondes.

Puis elle hocha la tête, soulagée. C'est du moins ce que je crus lire sur son visage. (Je n'étais sans doute pas ce à quoi elle s'était attendue.)

« Bien, dit-elle à voix basse. Je n'ai pas beaucoup de temps. » Sa voix, comme un souffle.

Petrakova me sourit et eut tout à coup l'air d'une petite fille. Mais l'instant d'après, son visage avait de nouveau changé et elle avait repris ses traits nerveux. Elle me fit signe que nous devions marcher.

« Quand part votre train ?

– Dans moins d'une heure. »

– 25 –

Nous étions assis là.

Yves-Alain fumait.

« Je peux dire tu ? »

Je hochai la tête.

« Tu la cherches ? »

Je hochai la tête.

« Elle a disparu comme ça, du jour au lendemain, exact ? »

Je lui lançai un regard interrogateur et un peu effaré.

Et je hochai la tête.

« Si je peux te donner un conseil, laisse tomber cette femme. Oublie-la.

– Pourquoi dites-vous cela ?

– Jona, tu peux me tutoyer sans problème. »

Je ne dis rien.

« Profite de ton séjour, amuse-toi, tu m'entends ? Et laisse Chantal dans son monde. Je serais étonné qu'elle ait changé.

– Et si elle n'a pas changé ? Si c'est toujours la bonne vieille Chantal d'autrefois, celle que vous connaissez ? Centrée sur elle-même, dépassée, solitaire, difficile ? Pourquoi devrais-je simplement l'oublier, dans ce cas-là ? »

Yves-Alain se pencha en avant, posa les coudes sur le plateau de son vieux secrétaire et me dévisagea. Ses yeux verts.

« T'a-t-elle jamais parlé de nous ? demanda-t-il.

– Elle vous a au moins mentionné une fois.

– Il faut dire que ça doit remonter à trente ans », nota-t-il, et il se laissa retomber dans son fauteuil corbeille en forme de paon, qui couina. Je me sentais mal à l'aise à côté de cet homme qui avait manifestement eu une liaison amoureuse avec Chantal alors que j'étais tout juste un nourrisson.

« Quand avez-vous dit que vous étiez arrivé au Japon ? demandai-je.

– C'était à la fin des années 1970. À l'époque, je suis venu à Tokyo pour travailler avec Shūji Terayama, le cinéaste d'avant-garde. »

Je fis rapidement le calcul.

« C'est donc au Japon que vous avez fait la connaissance de Chantal ?

– En France. Mais elle m'a accompagné ici. Nous voulions vivre ensemble.

– Elle était ici avec vous ? »

Je repris une gorgée de ce thé trouble et amer, et réprimai mes larmes.

« Je ne le savais pas », chuchotai-je.

J'ignorais tout du passé de Chantal. Et d'une manière générale, qu'est-ce que je savais d'elle ?

Yves-Alain prit une photo encadrée qui était posée sur son bureau, et me la tendit.

« Megumi, mon épouse, et mes deux enfants adorés, Ayaka et Yuuki. »

Que voulait-il prouver ?

Je ne dis rien.

« Pourquoi t'infliges-tu cela, Jona ?

– Vous voulez savoir pourquoi, Yves-Alain ? Parce que si je ne le faisais pas, rien n'aurait plus d'importance. »

– 26 –

Je n'arrivais pas à dormir. Vêtu de la large chemise de Chantal que je mettais la nuit et qui, après tout ce temps, c'est ce que je m'imaginais, continuait à porter son odeur, familière et proche, je traversai la chambre d'hôtel plongée dans l'obscurité, m'assit sur les toilettes, tentai de réfléchir. Je portai le col à mon nez et j'inspirai. La fatigue faisait pleurer mes yeux et m'assourdissait le cerveau. Je grattai une allumette et, avec celle-ci, allumai une bougie que je m'étais achetée, puis une autre, mais le résultat fut trop lumineux pour moi et je les soufflai de nouveau l'une après l'autre. Chantal, Chantal, me dis-je. Chantal, Chantal. J'étais incapable de formuler des pensées plus profondes. Le jet de mon urine fit plus de bruit que d'habitude. J'entendis dans le couloir quelque chose qui ressemblait au tic-tac d'une pendule. Mais il était trop lent, beaucoup trop lent. De quoi pouvait-il s'agir ? Je regardai le téléphone, que je tenais serré dans ma main. Je le reposai, le repris, cherchai et trouvai le nom de Chantal. Une voix mécanique annonça : « Il n'y a pas d'abonné au numéro demandé. »

J'étais assis là et je regardais dans l'obscurité, deux minutes, cinq minutes, dix, peut-être plus. Dans le couloir battait une pendule trop lente.

Il n'était pas encore minuit. Je m'habillai et quittai l'hôtel, pris le métro en direction de Shibuya, errai dans les rues aux éclairages tremblotants. Je m'assis dans un bar, juste à côté de la fenêtre, à l'un des étages inférieurs, et je m'enivrai doublement, avec de l'alcool autant qu'à la vue des gens qui passaient devant moi, des hordes prises par une fièvre singulière, une masse qui se trouvait dans un état d'excitation que je ne pouvais pas comprendre. Déclenché par quoi ? Peut-être par la surabondance d'objets, de relations commerciales, de sollicitations, de regards, de couleurs et de séduction, submergée par les détails grotesques, les coiffures obliques, les looks, les accessoires, les maquillages et dans une lutte constante pour tenir le coup dans ce maquis de lumières, de signes, d'appels et de sons. J'étais donc assis là et je m'enivrais, car j'étais sans espoir, car je ne savais plus ce que je faisais dans cette ville, parce qu'il n'y avait pas la moindre trace de Chantal et que je commençais déjà à douter de tout, y compris de ma raison. Comment en étais-je même arrivé à la certitude que Chantal serait au Japon ? Et à cette idée douteuse qu'elle m'attendrait secrètement, qu'elle souhaitait que je vienne et que je la prenne dans mes bras ? Je secouai la tête et bus une grande gorgée de bière.

Une jeune Japonaise se dirigea vers moi. Des cheveux sombres et en bataille lui tombaient jusqu'aux épaules. En dessous, des boucles d'oreilles couleur lilas pendaient sur une veste en peluche orange. Je m'accrochai au tabouret de bar pour contempler sa jupe de ballerine, ses bas en dentelle et ses bottes dorées.

« Sexy, non ? » La jeune femme souriait. Elle parlait manifestement anglais. « Je peux me présenter ? Abra ! Je suis Abra. Comme Abra Cadabra, ou comme Abra, le Pokémon. Tu connais ça ? Le Pokémon Abra ? Tu ne connais pas ? Tu sais bien ! Il dort dix-huit heures par jour, il sait lire les pensées. Et quand un danger le menace, il se téléporte pour se mettre en sécurité puis se rendort. Tu ne connais pas ? Bon, peu importe. Abra, en tout cas. Et ton nom ? Jona ? Eh bien, en voilà, un moulin à paroles ! Hein ? Une vraie pipelette, ce Jona ! Sans doute trop regardé au fond du verre, n'est-ce pas ? C'est vite fait, à Tokyo. Je sais ce que c'est, je sais ce que c'est, crois-moi. Mais Abra, elle, elle n'en avale pas une gorgée, tu peux me croire, je prends ça drôlement au sérieux ! Là, il n'y a que de la bière. Je peux tremper les lèvres ? *Arigatō !* »

Était-ce la folie qui frémissait dans son regard ? Elle vida pratiquement mon verre et brandit un dépliant devant mes yeux.

« Le prochain happening des théistes ! Tu as envie de venir ? Oui, je te le dis franchement. Ça n'a rien d'un secret ! Je suis une théiste. Entre autres. Ça t'étonne, non ? En fait, je voulais devenir athée. Mais j'ai renoncé. Pas de jours fériés ! Nous, les théistes, nous avons au moins le vendredi de libre. C'est déjà ce que dit le nom. N'est-ce pas ? Ah, cher Matcha ! Les théistes. Les théistes boivent du thé. Ils aiment aussi manger un petit morceau de gâteau de riz avec. Les théistes aiment bien lire des recettes de thé. Ils font ça vers l'avant et vers l'arrière. Les théistes sont au courant. Car les théistes sont des pirates. Et des ninjas. Nin-ju-tsu ! Tchac ! Boum ! Les théistes ne disent pas oui et amen à tout ! Les théistes disent *Rāmen* à tout ! *Rāmen*, c'est une soupe aux nouilles japonaises. Ah ! Tu le savais déjà, non ? Et si on allait en manger une ? Oui, et les théistes diffusent la bonne nouvelle ! Celle de la Grande Théière volante ! En abrégé, GTV. Chacun peut éprouver l'amour de la GTV. Oui ! Nous croyons que la Grande Théière volante a créé le monde. Et aussi le sexe avant le mariage. Nous le croyons parce que le sexe existe depuis bien plus longtemps que le mariage. Ha ! Malin, non ? Nous croyons au ciel ! Nous croyons au ciel ! Au ciel avec volcan de saké et usine à stripteaseurs. Avec beaucoup d'hommes nus. Oui !

« Nous savons que tous les indices concernant l'évolution ont été consciemment semés par la Grande Théière volante ! Ah ! Elle voulait s'en servir pour plonger les hommes dans la confusion ! Intelligent, non ? Nous savons que l'unique cause du réchauffement global et de toutes les catastrophes naturelles, c'est la diminution du nombre de pirates buvant du thé depuis le début du XIXe siècle. C'est considéré comme prouvé empiriquement. Parce que *pirates are cool* ! Merde à l'évolution ! Louée sois-tu, ô Théière ! Grand est le dieu Matcha ! À l'abordage ! À l'abordage ! Au fait, savais-tu que le striptease remonte à Salomé ? Tu sais bien ! Salomé ! Elle a dansé devant Hérode. Elle a ôté les sept voiles de l'existence humaine. Puis elle a bu une théière de thé vert. Pour s'attirer la bienveillance des dieux ! Alors, ça fait tilt ? Non ? Ça sera la boisson de l'année ! Mais peu importe ! Tout est matcha pour toi ? Qu'est-ce que tu fais comme ça ? Quoi ? Oh, pour l'amour de la Théière. Tu ne veux plus d'avenir ? Quelle misère ! Tu sais. De toute façon tu n'y arriveras pas. N'importe qui peut dire ça : Je ne veux plus d'avenir. Ne fume plus. Ne bois plus. Ah ! Il faut exorciser ça ! Exorciser !

« Autrement tu ne t'en débarrasses pas, de l'avenir. Aucune chance. Seulement avec des sanctions et des dénonciations, crois-moi ! Il faut intervenir très durement ! Une poigne de fer ! Non ? Destruction ! Avorter définitivement le matin ! Unique chance ! Parole d'honneur ! Cette possession ! tu sais, parce qu'on est possédé par des choses qu'en réalité, on redoute. Tout comme moi. Complètement possédée par la Grande Théière volante ! Et en réalité, j'ai peur d'elle, toute une théière de peur ! C'est clair ! Eh bien, qu'est-ce que tu as à faire cette mine ? Mais une fois qu'ils ont disparu, le matin ou la théière ! Matcha ho ! Plus de salut. Chute libre ! Tu comprends ? Plus de certitude ! Plus rien qui te couvre ! Terminé ! Fini ! Abra Cadabra ! »

– 27 –

Il flottait une odeur de grains grillés, de café frais et de pain sorti du four, de petit matin et de départ pour des contrées lointaines. Un homme élégant à barbe blanche et lunettes noires à monture luxueuse était plongé dans la lecture de son journal, les yeux écarquillés, deux punks enamourés, fatigués et frigorifiés, se réchauffaient autant l'un à l'autre qu'aux tasses brûlantes, tandis qu'un homme d'affaires faisait glisser sa valise à roulettes dans l'espace étroit du café et, après un moment d'hésitation, se laissait tomber sur une chaise, desserrait sa cravate, épuisé, et respirait comme si c'était la première fois depuis des années qu'il reprenait son souffle. Le tintement des tasses et les annonces de la gare recouvraient le jazz. Dehors, un chien poussait des aboiements rauques. Natacha Petrakova commanda une omelette, un gâteau et un double express.

« Excusez-moi. Je crois que les gargouillements de mon estomac ont réveillé les autres passagers de la voiture-lit à quatre heures du matin ! »

Elle me servit de nouveau son sourire enfantin, que j'acceptai avec plaisir.

« Je ne pense pas que cela conviendrait à Chantal que je vous parle aujourd'hui », commença-t-elle. Sa voix était basse et ténue. Comme du papier que l'on froisse. Je me penchai un peu vers elle pour mieux l'entendre.

« Sans même parler du fait qu'en tant que collaboratrice de l'institut, je serais tenue de passer certaines choses sous silence. »

Je ne sais comment, mais ma main sans doute tremblante renversa alors mon verre d'eau et le liquide recouvrit la table en une vague, puis déborda et coula au sol.

« Quel maladroit ! Excusez-moi. »

Je tentai fébrilement d'éponger l'eau avec quelques serviettes. Natacha Petrakova parut à peine s'en apercevoir.

« J'aimerais vous raconter tout ce que je sais parce que j'ai de bonnes raisons de supposer que vous êtes plus proche de Chantal que quiconque. Elle vous a tout de même mentionné une ou deux fois. Ce qui fait une ou deux fois plus souvent que d'autres. Je sais en tout cas, non, je crois, enfin, j'ai le sentiment que c'est important. C'est bien important, pour vous, non ? Nous avons travaillé ensemble, jour après jour, au modèle climatique. D'innombrables heures dans la même pièce, et ce pendant deux ans. Elle, à un bureau situé dans le coin gauche à côté de la fenêtre, élaborait le modèle de la fusion de la glace et de la neige, moi, à l'autre bureau, en face, contre le mur, je travaillais sur la modélisation des populations de poissons. Glace, neige, poissons. Chantal appelait notre bureau l'océan Arctique. »
Petrakova prit quelques grandes bouchées de son omelette, mastiqua

à la hâte, avala avec avidité. Comme un poisson. « Chantal vous a dit quelque chose ? À propos de l'année passée ? À l'institut ? Sans doute pas. Non ? Ça m'aurait étonnée, aussi. Vous savez, Chantal n'a jamais parlé de son passé, de sa vie en dehors du travail. Mais qu'est-ce que je dis ? En fait, Chantal ne parlait pas du tout. Au fond, je ne la connaissais pas. Je ne la connais pas. Ou alors seulement de la manière dont je connais le poisson rouge qui nage à côté de moi dans l'aquarium de l'océan Arctique et que Chantal appelait Copernic. »

Je l'aimais bien. J'aimais bien son nom. J'aimais bien sa manière de regarder. Et sa voix de papier. Si j'étais Chantal, me dis-je, je la désirerais moi aussi.

« Les poissons ne sont pas bêtes, ils se taisent avec trop d'obstination pour cela. Mais ils ne sont pas exactement sociables non plus. Chantal ne comprend pas grand-chose aux gens, vous ne trouvez pas ? Je la considère comme une ermite intellectuelle qui n'a besoin de rien autour d'elle. Pas d'amis. Pas de mari. Personne. A-t-elle des parents ? de la famille ? des enfants ? Je ne sais pas. Vous le savez, vous ? Ou bien est-elle tombée du ciel un beau matin ? Oui, c'est sans doute comme ça que ça s'est passé. Une petite princesse venue d'une étoile singulière. À l'institut, elle n'avait de contact avec personne. Sauf avec moi. Et encore, il a fallu un certain temps. Ça lui était égal. C'est ce que je crois. À moins que ? Chantal était-elle solitaire ? Qui sait ? Peut-être lui avez-vous donné la chaleur dont un être humain a besoin ? Pardonnez-moi mon indiscrétion. Comme toujours. Chez les collègues, Chantal avait la réputation d'être difficile. Quoi d'autre ? La dadaïste de la recherche climatique. La grande apologiste du complexe. C'est comme ça qu'ils appelaient Chantal. Et ce n'étaient pas des surnoms aimables, vous pouvez me croire. Des attaques haineuses. Du poison. Rien d'autre. Concurrence et jalousie. Il n'en faut pas beaucoup plus pour une carrière scientifique. Mais c'est une autre histoire. Je dirais les choses ainsi : l'ardeur de Chantal à être *everybody's darling* était limitée. » Natacha Petrakova se mit à rire. Elle but son café d'un trait et en commanda un autre. « Au début, j'ai pris Chantal pour une femme aigrie arrivant à l'âge de la ménopause, et pour une penseuse médiocre. Et il y a peut-être aussi quelque chose de vrai là-dedans. Non ? Elle avait de bonnes réflexions. Ça, oui. Pardonnez-moi. J'ai même eu de la pitié pour elle. Elle passait des nuits entières à l'institut sans avancer beaucoup mieux que d'autres qui ne consacraient pas la moitié du temps à leur travail. Que vouliez-vous que j'en pense ? La lenteur. Une mauvaise qualité. Par les temps qui courent. C'est peu à peu, seulement, que j'ai commencé à chercher ce qu'elle faisait réellement. Si vous le condamnez, vous avez raison. J'admets que de ce point de vue j'ai franchi certaines limites. En tout cas, j'ai fouillé son bureau, son ordinateur. J'aurais mieux fait de m'abstenir. Il s'est avéré que Chantal ne consacrait qu'une toute petite partie de sa journée à son travail proprement dit. Que devais-je en penser ? Qu'en penseriez-vous ? Je me sentais trahie, en tant que personne et en tant que scientifique travaillant chaque jour avec elle. Elle ici, moi là. Ça crée des liens. Pour quelques semaines, j'ai rejoint les autres, avec lesquels j'ai pendant un certain temps traité Chantal de schismatique autoritaire, en riant à gorge déployée. Ça libérait. Pensez ce que vous voulez. Elle, de toute façon, semblait indifférente. Elle continuait à travailler et n'a rien dit de toute cette histoire, comme si rien ne s'était passé. Ce qui m'a d'autant plus remontée contre elle. Ensuite, dans un moment de faiblesse, et ne me dites pas que c'était une erreur, je le sais moi-même, on n'y peut rien. Bref, j'ai parlé à un collègue de ce que j'avais découvert. Vous pouvez considérer que je n'ai aucun courage ni aucune classe. Je ne peux pas vous le reprocher. Pour Chantal, ça a été une source de difficultés sans fin. On lui a demandé de s'expliquer, et pour finir on l'a licenciée. »

– 28 –

« Je t'ai vu auprès de l'homme de la lune, dit la jeune Japonaise.

– Je te demande pardon ?

– L'homme de la lune ! Il a grandi sur le satellite troué, a fait un beau jour le voyage sur la terre, y est tombé éternellement amoureux d'une femme japonaise, et c'en a été fini de lui. Cette obsession, tu sais ? Il ne la quittait plus d'une semelle. Bonheur, bonheur extrême. Jusqu'au jour où la femme est morte. Frappée par la foudre ? Écrasée par une voiture ? Dévorée par le cancer ? Tombée d'un immeuble ? Qui sait ? Il n'en parle pas. Depuis, l'homme de la lune est coincé ici. Sur la terre. Il ne peut plus repartir. Triste, n'est-ce pas ? Il vit dans un parc, à Ginza. C'est devenu un bon ami. Tu l'as photographié. »

Je réfléchis un instant.

« Le sans-abri ?

– L'homme de la lune !

– Tu y étais donc, toi aussi ? »

La jeune Japonaise se mit à rire. C'était un rire amical et désarmant. Ma tête bourdonnait. Je me retournai, un peu désemparé. On nous observait. Le barman me fit signe que cette femme n'avait pas toute sa raison.

« *Mattaku !* Oh mon pauvre ! Ton cas est plus grave que je ne le pensais. Il te faut d'urgence un peu de distraction, Jona. Une prise de folie ! Ça ne peut pas nuire, même au pire des grincheux, crois-moi. Isengrin grognon ! Oui, c'est de toi que je parle ! N'aie pas peur, tu n'auras pas besoin d'enlever ta tête des mauvais jours. Garde-la tranquillement. Elle te va très bien ! Oui ! Vraiment. Admirablement. La commissure des lèvres encore un peu vers le bas. Encore un rien. Voilà, comme ça, c'est bien ! Je peux prendre une photo ? » Elle sortit de sa poche son téléphone portable – « Merci de bien vouloir geindre ! » – et elle appuya sur le déclencheur.

« Tu peux dire que c'est une chance que tu m'aies rencontrée. Abra, le Pokémon endormi avec téléportation. Pourrait s'endormir sur-le-champ. Je veux dire : je n'ai rien contre toi. Mais devons-nous nous téléporter ailleurs ? Abra Cadabra et hop ! Par magie ! Entrée au pays des miracles, princesse Inconnue ! Et déjà tu te portes encore plus mal qu'avant. Tu verras. C'est un désastre ! Est-ce que je viens de voir un sourire ? »

Et c'était un fait : je souriais.

« Tu sais ce qui te manque ? Tu le sais ? Non ? Je vais te le révéler : Moi ! »

Abra fit une pirouette.

– 29 –

Natacha Petrakova buvait son café du bout des lèvres. Elle parlait à présent d'une voix encore plus basse qu'auparavant. Je me penchai plus en avant, je me rapprochai d'elle pour ne surtout pas perdre un mot de ce qu'elle me disait.

« La direction de l'institut a forcé Chantal à révéler sur quoi elle travaillait. Ils étaient inquiets, ils avaient peur pour la réputation de sérieux de l'institut. Vous savez, Jona, je peux vous appeler comme cela, oui ? Vous savez combien certains milieux s'attachent à placer la recherche climatique sous un mauvais jour. Chantal n'en a pas démordu. Elle a refusé. On l'a menacée de poursuites judiciaires. J'ai tenté une médiation. En vain. Chantal ne me parlait plus. Bon. Je comprends. Finalement, elle a cédé et a tout dévoilé à la direction. »

Je regardai la carte posée devant moi et passai rapidement en revue la liste des spiritueux.

« Quoi, *Frau* Petrakova ? Qu'est-ce qu'elle a dévoilé ?

– Je crois que ça a commencé à Copenhague. Vous savez, le sommet climatique, oui ? La grande conférence des animaux. Les chefs du monde rassemblés pour délibérer sur le destin de l'humanité. Les augures étaient favorables. Le premier mandat d'Obama, qui montrait des traces de raison. Le Brésil, la Chine et l'Inde prêts à discuter. Beaucoup d'entre nous ont vraiment cru à l'époque qu'on pourrait faire bouger quelque chose. Les masses se sont réunies à Copenhague pour manifester, en dépit du froid glacial. Nous avions de l'espoir. Vous comprenez ? Même Chantal qui, vous le savez certainement, était présente en tant qu'observatrice extérieure. Étonnant, non ? je ne sais pas ce qui l'a conduite à se rendre à Copenhague. Chantal a toujours trouvé le politique suspect. Plus que cela. Elle n'avait que sourires méprisants pour ceux qui lui opposaient l'argument qu'en tant que scientifique, on a une responsabilité sociale. Ou peut-être, dans ses moments de vulnérabilité, un geste anxieux de la tête. La science n'a rien à faire sur le terrain glissant de la politique, m'a-t-elle un jour expliqué avec colère. Elle s'empêtrerait désespérément dans ce terrain labyrinthique et marécageux. Les climatologues avaient tout de même apporté à plusieurs reprises la preuve qu'ils étaient des dilettantes sur le plan politique, et ils seraient plus qu'avisés de se tenir à l'écart de ce *locus terribilis* qui les mènerait inévitablement à leur perte. Et ainsi de suite. Mépris et dédain. Chantal n'avait aucune autre considération pour ceux qui voulaient faire bouger les choses, qui s'exposaient : de son point de vue, ils se mettaient trop sous les feux de la rampe. Une fois, elle agressa même l'un des chercheurs dominants de notre institut. Pourquoi ? Il avait, de l'avis de Chantal, simplifié des réalités complexes dans une interview publiée dans un journal, et avait ainsi succombé, c'étaient ses mots, à la logique médiatique de la surenchère. Cela fit de sacrées vagues. Quoi qu'il en soit, Chantal était à Copenhague. Ne me demandez pas comment cela s'est fait. Que dire ? Copenhague a été un désastre. On n'a pas pu trancher le nœud gordien. On est allés droit dans le mur. Quoi d'autre ?

« Chantal s'est mise en arrêt maladie pendant plusieurs semaines. Je crois qu'elle ne l'a pas supporté. Vous étiez avec elle, à l'époque ? Vous en a-t-elle seulement parlé ? Non ? Quand Chantal a semblé aller mieux, nous avons éclusé deux bouteilles de vin dans son appartement. Elle rouspétait. Elle disait que ce que nous vivions était la plus grande agression contre la science depuis le combat de l'Église contre la vision copernicienne du monde. Au début de l'ère nouvelle, c'était le christianisme qui, craignant pour ses intérêts, s'en était pris à la science. Aujourd'hui, disait-elle, et pour les mêmes raisons, c'était l'économie. Nous étions dans une époque de contre-Lumières, de transfiguration de la réalité, une époque de retour de l'obscurité. Chantal était ivre. Elle s'agenouilla et mima Galilée faisant sa déposition devant l'Inquisition sous la menace de la torture et de la mort : “Moi, Galilée, à genoux devant Vos Éminences, cardinaux et inquisiteurs généraux contre la corruption hérétique pour toute la chrétienté, je jure avoir toujours cru, croire actuellement et vouloir croire pour l'avenir, avec l'aide de Dieu, tout ce que la Sainte Église catholique et apostolique juge vrai, prêche et enseigne. J'abjure donc, je maudis et j'exècre les erreurs et hérésies en question.” »

Natacha Petrakova fut prise d'un rire nerveux. Je perdais mon calme.

« Pourquoi me racontez-vous cela, madame Petrakova ? »

Elle se tut. Elle laissa retomber sur son assiette la fourchette qu'elle venait de porter à sa bouche avec un morceau de gâteau. Elle pointa ses lèvres rehaussées de rouge, son front se plissa.

« Vous avez raison, pardonnez-moi. » Puis, après une courte pause : « Je crois en tout cas que cela a commencé à l'époque. Je crois que Chantal s'est détournée intérieurement, que quelque chose en elle s'est mis de travers et s'est cassé. Je ne le sais pas. Vous le savez, vous ? Ce que j'avais trouvé dans son ordinateur, c'étaient des textes, des textes sans fin. Elle écrivait. Elle écrivait tout le temps. Elle avait cessé de travailler au modèle et, à la place, elle écrivait. Ne me demandez pas quoi. Mon français est lamentable et je n'ai pratiquement rien pu y comprendre. Mais j'ai plusieurs fois trouvé votre nom dans les textes.

– Mon nom ? »

J'avais parlé trop fort. Trop fort. Petrakova sursauta. Soudain, le silence se fit aux tables qui nous entouraient. On nous dévisageait.

« Oui. Votre nom. »

Elle baissa la tête, prit sa tasse de café à la main, la porta à ses lèvres, constata qu'elle était vide et la reposa sur la table.

« Un matin, Chantal est arrivée à l'institut et est entrée dans la salle de l'océan Arctique. Je ne l'avais jamais vue comme cela auparavant. Comment dire ? Chantal pleurait. Elle se tenait là, un peu penchée, immobile, le regard incrédule. Chantal, cet être sublimé, cette femme à laquelle on ne pouvait pratiquement jamais arracher une émotion, cette femme pleurait comme un petit enfant. Elle sanglotait.

J'étais assise là, rigide, à mon bureau. Désarroi. Honte. Vous savez ce qu'on ressent dans ces cas-là ? Je lui demandai gauchement ce qui s'était passé. Elle joua au poisson, se tut, reprit contenance, se retourna et s'en alla. »

Petrakova regarda sa montre. Elle fit signe au garçon et lui demanda l'addition.

« Je l'ai revue alors qu'elle était en train de vider son appartement, je lui ai demandé quels étaient ses projets. Elle a dit qu'elle allait rendre visite à son père en France, qu'elle avait quelque chose à y faire. Ensuite, elle verrait. Depuis, je n'ai plus eu aucune nouvelle d'elle. »

Bien après que le train qui conduisait Natacha Petrakova vers Zagreb fut parti, je me tenais encore sur le quai, à contempler la voie. Mes pensées ne trouvaient aucun appui, ni en moi-même ni sur les rails et leur géométrie régulière. J'avais froid. Lentement, je rentrai chez moi.

– 30 –

Une fois, seulement, j'ai vu Chantal pleurer. C'était une nuit de la fin de l'été, elle surgit du néant et sonna soudain à ma porte, inespérée, après de nombreuses journées où je n'avais plus eu un mot de sa part alors que je ne la pensais même pas en ville, mais loin d'ici. J'ouvris et Chantal était là, blême, tremblante, comme si elle avait froid, elle me dévisagea, son regard était confus, elle tomba en avant, droit dans mes bras, et se mit à pleurer si fort que tout son corps en fut secoué par le son qu'elle laissa s'échapper d'un jet, comme un soulagement. Nous nous tenions donc là, enlacés avec ferveur, comme s'il n'en était jamais allé autrement, la porte ouverte, à moitié dans l'entrée, à moitié dans le vestibule, mais catapultés d'un seul coup hors de l'espace et du temps, et rien ne pouvait plus retenir Chantal, elle se mit à sangloter d'une voix profonde et désespérée, la tête sur mon épaule. Ça va aller. Ça va aller.

Si bien que moi, subjugué par cette apparition venue du néant, par son abandon, sa vulnérabilité, je ne pouvais pratiquement plus dire où s'arrêtait sa tristesse et où commençait mon bonheur. Je ne sais pas combien de temps nous sommes restés ainsi avant de desserrer légèrement notre étreinte, ne fût-ce que pour un moment, d'entrer et de fermer la porte. « Je suis désolée, dit Chantal, je suis désolée de débarquer comme cela, dans un état pareil. » Nous nous allongeâmes dans le lit, sur le flanc, les jambes repliées, moi contre son dos. Je la tins fermement, très fermement. Tu es là. Tu es là. Nous nous sommes endormis ainsi.

Plusieurs heures plus tard, c'était au petit matin, peu avant le lever du soleil, les baisers de Chantal me réveillèrent. Elle me regarda, elle avait désormais les yeux tranquilles et aimants, et elle prononça : « Jona. » Elle n'en dit pas plus, et je n'en demandai pas plus non plus.

– 31 –

« Oui ? ! »

C'était plus un aboiement qu'un mot. Un son profond, rocailleux, qui exprimait avant tout un reproche. Cela sonnait comme un « oui » et exprimait pourtant une défense gutturale, proche du râle, à l'égard du monde.

« Bonjour, monsieur Blanchard. Je suis heureux de vous... »

Suivit une longue tonalité. Il avait raccroché.

Même s'il y avait quelques Blanchard à Yerres, il n'avait pas été particulièrement compliqué de dénicher le numéro du père de Chantal. Il était en revanche bien plus difficile d'avoir le vieux M. Blanchard au téléphone. J'appelai une bonne douzaine de fois, des jours différents, à des heures différentes, et j'étais à deux doigts d'abandonner mes tentatives et de rejeter l'ensemble comme une idée idiote lorsque quelqu'un finit tout de même par décrocher, mais pour raccrocher au bout de quelques mots. Cela ne me dissuada pas. Je fus pris d'une bouffée d'euphorie, je me crus proche de Chantal, je pensais avoir quelque chose en main, même si ce n'était pour l'instant qu'un son proche de l'aboiement et dépourvu de signification. Je poursuivis donc mes tentatives. Je soupçonnais que ce téléphone, à Yerres, n'était plus utilisé depuis des années, voire depuis des décennies, et que son existence avait peut-être même été oubliée jusqu'à une période récente. Je l'imaginais poussiéreux. Un vieux téléphone sombre avec un combiné lourd et un cadran rotatif qui faisait un bruit de mitraillette.

Une fois, une seule, Chantal avait parlé de son père, et l'avait fait comme d'une personne morte depuis longtemps. Elle m'avait laissé croire que son père était décédé un certain temps avant et que c'était la meilleure chose qui lui soit arrivée de sa vie. Elle n'avait jamais eu le moindre point commun avec son géniteur, m'avait-elle dit. Il me fallut alors constater qu'ils se ressemblaient plus qu'ils ne l'auraient voulu.

« Voulez-vous m'envoyer dans la tombe, jeune homme ? Quand allez-vous enfin cesser de m'importuner ?

– Je vous présente toutes mes excuses, monsieur Blanchard, je me présente, Jona Jonas, un ami de Chantal.

– Ma fille a parlé de vous. »

J'en fus passablement étonné.

« Chantal est donc chez vous ?

– Dieu m'en garde ! Elle est partie ! »

Suivit une quinte de toux âpre et crépitante.

« Monsieur Blanchard, savez-vous où je peux trouver Chantal ?

– Oui.

– ...

– ...

– Oui ? Peut-être voudriez-vous me révéler dans quel lieu ?

– Japon.

– Au Japon ? Que fait Chantal au Japon ?

– Ne me tourmentez pas, jeune homme ! Comment voulez-vous que je le sache ?

– Mais vous en êtes certain ? »

Et de nouveau, ce fut cette expectoration d'un son profond et rauque.

« Oui. »

Puis il raccrocha.

– 32 –

Disparu 2011/07/01 03:43

J'ai besoin de votre aide.
Le mari japonais de ma meilleure amie a disparu après s'être disputé avec elle. Il est parti en voiture à Kyoto il y a une semaine, sans son portefeuille. Personne ne l'a plus revu depuis.
Mon amie a été voir la police, et on lui a dit, là-bas, qu'il était impossible de localiser son téléphone sans décision judiciaire. Les gens ont le droit de disparaître... Je veux dire : il n'avait pas son portefeuille, ce qui signifie qu'à moins de disposer d'un compte secret ou de quelque chose de ce genre, il n'a aucune possibilité d'accéder à de l'argent. Est-il vraiment exact qu'il faille une décision de justice ? Cela me paraît un peu exagéré, pour ne pas dire bizarre, que quelqu'un disparaisse simplement comme ça.
Je serais reconnaissant de toute information.

de Cherchant (invité)

Cherchant,
Je ne suis certes pas avocat, ou expert de la police, ni rien de tout cela, mais tant qu'il n'y a pas de circonstances suspectes autour de la disparition – comme des traces de sang ou une menace de suicide –, je ne peux pas imaginer que la police s'y intéresse. J'estime que ton amie pourrait engager un détective privé pour le mettre sur la piste si elle s'inquiète pour lui. Il n'a pas d'amis ? de famille ?

de George43 (invité)
Évaluer cette réponse

Re : Disparu 2011/07/01 20:31

Je sais comment tu te sens. Au Japon, 100 000 personnes environ disparaissent chaque année. Dettes, licenciements, surmenage, divorce, harcèlement, maladie, déchéance sociale. Il y a suffisamment de motifs. J'ai entendu dire qu'il arrive même parfois que des familles entières disparaissent. Mon frère est porté disparu depuis cinq ans. Au début, c'était insupportable, parce qu'on est incapable de comprendre. Ensuite, j'ai traversé une assez longue période de dépression, j'ai même voulu me tuer. Mais à présent je suis en paix avec cette histoire. Je crois qu'il voulait partir, et je l'accepte. Je suis certain qu'il vit quelque part. Je ne sais ni où, ni sous quel nom, ni avec qui. Mais d'une certaine manière, je devine qu'il est heureux, à présent, et qu'il se sent mieux qu'avec notre famille de merde. Haut les cœurs ! La plupart réapparaissent.

de Birdybird (invité)
Évaluer cette réponse

Re : Disparu 2011/07/01 20:31

Je dois dire que je trouve ça acceptable. Tu parles dans ton post d'un homme assez âgé pour être marié, qui a eu une dispute, qui a pris la voiture et qui ne répond plus aux appels téléphoniques. Il existe suffisamment de façons de survivre une semaine et il a le droit d'avoir sa vie privée. D'autres personnes peuvent l'aider, ou alors il peut travailler.
Ton amie a la possibilité de demander une ordonnance judiciaire. Elle peut aussi se faire conseiller par les instances judiciaires. Je connais des gens qui, tout simplement, ont cherché et téléphoné jusqu'à ce qu'ils trouvent le lieu où séjournait la personne disparue ou parviennent à la contacter, qui ont ratissé les morgues jusqu'à ce qu'elle réapparaisse un beau jour. Une femme a reçu chaque année, pour les fêtes, des cartes de vœux de son époux disparu jusqu'à ce qu'un ami commun le rencontre par hasard dans le train.

Bien que les grands commissariats de police ne s'intéressent peut-être pas à l'affaire, les policiers des postes locaux, les *kōban*, sont souvent très aimables et coopératifs. Ils prendront le temps de t'écouter pour que tu te sentes mieux. C'est en tout cas ce qui s'est souvent passé, dans mon cas.
J'espère qu'il reviendra vite. Entre-temps, tu peux peut-être prêter assistance à ton amie.

de Fisch888 (invité)
Évaluer cette réponse

Re : Disparu 2011/07/01 20:59

Salut ! Cherche donc à l'adresse 行方不明者 – tu y trouveras des informations sur les détectives privés et les réseaux pour les personnes disparues.

de Akiko (invité)
Évaluer cette réponse

Re : Disparu 2011/08/01 08:22

Merci pour vos réponses.
Il n'y a toujours pas de nouvelles. Mais les jours s'écoulent et le suicide devient ainsi de plus en plus invraisemblable. Un crime, tout autant. S'il a vraiment disparu de son propre chef, c'est difficilement compréhensible. Il avait des enfants, un bon métier, pas de maîtresse, pas de dettes – du moins de ce que nous en savons. Amis, collègues et famille sont tous pareillement décontenancés. Nous sommes tous sous le choc.
Je tente d'apporter autant de soutien que possible.
Merci encore.

de Chercheur (invité)
Évaluer cette réponse

Re : Disparu 2011/11/01 16:01

Il a réapparu.
Mort, hélas.
Il semble que même si la police s'était montrée plus secourable, sa vie n'aurait pas pu être sauvée. Quel gâchis !
Je n'en sais toujours pas plus sur les questions juridiques concernant la recherche de personnes disparues. Mais dans ce cas précis, ça n'a pas d'importance.

de Chercheur (invité)
Évaluer cette réponse

– 33 –

Je passai de nombreuses heures à parcourir les forums consacrés aux disparitions. À un moment donné, je renonçai et me contentai de rester assis là, sur le lit de ma chambre d'hôtel, recroquevillé comme un nourrisson, immobile à l'exception du doigt de la télécommande. En levant ou en baissant ce doigt, je changeais à mon gré de canal télévisé, toujours au même rythme, à quelques secondes d'intervalle, jusqu'au moment où, devenu incapable d'exécuter ce mouvement, je laissai, indifférent, une chaîne musicale diffuser son programme tandis que je regardais par la fenêtre, l'esprit vide de toute pensée, dans la nuit noire. Je ne sais pas combien de temps je suis resté allongé là avant qu'une chanson m'arrache à cette absence et me ramène au monde. C'était un clip vidéo. PJ Harvey. Avec du rouge à lèvres rouge, en robe rouge, sur la scène d'un théâtre de variétés vide. Elle dansait entre des lamelles dorées, des tapis bordeaux, des ballons et des lustres en cristal, au son d'un orgue électrique qui ronronnait. Elle se tenait là et elle chantait, ou plutôt parlait sur de longs passages, emportée, distante, comme si l'on écoutait la litanie d'un disque tournant trop lentement.

I remember when I was a girl
Our house caught on fire
And I'll never forget the look on my father's face
As he gathered me in his arms
And raced to the burning building out on the pavement
And I stood there shivering
And watched the whole world go up in flames
And when it was all over
I said to myself
"Is that all there is to a fire ?"

Is that all there is ?
Is that all there is ?
If that's all there is, my friends, then let's keep dancing
Let's break out the booze and have a ball
If that's all there is

And when I was twelve years old
My daddy took me to the circus
The greatest show on earth
And there were clowns
And elephants
Dancing bears,
And a beautiful lady in pink tights flew high above our heads
And as I sat there watching
I had the feeling that something was missing
I don't know what
But when it was all over
I said to myself
"Is that all there is to the circus ?"

Is that all there is ?
Is that all there is ?

If that's all there is, my friends, then let's keep dancing
Let's break out the booze and have a ball
If that's all there is

And then I fell in love
With the most wonderful boy in the world
We'd take long walks down by the river
Or just sit for hours gazing into each other's eyes
We were so very much in love
And then one day
He went away
And I thought I'd die
But I didn't
And when I didn't
I said to myself
"Is that all there is to love ?"

– 34 –

Je finis par m'endormir. Le téléphone m'arracha à d'effroyables rêves.

« Allô ?

– Jona, il faut que tu viennes. Une urgence. Immédiatement !

– Qui est à l'appareil ?

– Qui est à l'appareil ? Abra !

– Abra ? Que je vienne où ? Qu'est-ce qui se passe ? Quelle heure est-il ? »

Il faisait nuit noire. Emmitouflé dans mes couvertures, je tirai le rideau en bâillant. La lune était basse à l'horizon. Elle était tellement près du sol, tellement gigantesque, tellement proche des choses, on aurait dit qu'elle pouvait à tout moment effleurer les pointes des gratte-ciel pour enfouir sous elle, peu après, toute la ville de Tokyo. J'en eus un instant le souffle coupé, tant la lune me paraissait irréelle. À l'instant même, je fus entièrement livré à cette image. C'était une lumière argentée, tissée d'ombres sombres. Elle irradiait, apparemment sans rencontrer de résistance, à l'intérieur de moi-même, en me traversant la peau.

« Jona ? Tu es là ? Tu as entendu ? Il faut que tu viennes à Ueno ! Dépêche-toi, d'accord ? C'est urgent ! 3, 2, 1, décollage ! Je t'en prie ! »

Je m'ébrouai pour me réveiller et chasser mes rêves.

« Tu vois la lune, Abra ?

– La lune ? Jona, *ikou* ! Allez, viens !

– Qu'est-ce qui se passe ?

– Je t'expliquerai tout plus tard. Station Ueno, JR-Line. J'attends devant la sortie principale.

– On est au beau milieu de la nuit, le métro ne roule pas encore.

– *Mattaku !* Jona ! Eh bien, tu n'as qu'à prendre un taxi ! »

J'allumai la lumière. Mes paupières se plissèrent, mes yeux se mirent à pleurer.

Il était trois heures du matin. Je tremblai lorsque je sortis. L'air était glacé et mon souffle formait devant moi de petits nuages qui, à peine nés, se dissipaient de nouveau.

Deux ivrognes sortirent en titubant d'un bar à karaoké. La porte resta ouverte un instant, laissant s'échapper dans la rue la mélodie d'un tube japonais, mugissant et strident, hurlé par plusieurs gorges. Je regardai anxieusement autour de moi. On ne voyait pas la lune.

La porte du taxi s'ouvrit automatiquement, comme sous l'effet de la main d'un spectre. Le chauffeur portait un costume noir et des gants blancs. Son visage était dépourvu de toute expression.

« Station Ueno. JR-Line. »

De tout le trajet, je ne pus détourner le regard de l'éclat de cette lune qui planait, gigantesque et menaçante, au-dessus de la ville, qui ne cessait d'apparaître entre des rangées d'immeubles, au-dessus des toits, entre des arbres, à la verticale de feux de circulation, découpée par le maquis des câbles électriques ou reflétée dans des vitrines, des façades de verre ou l'eau de petits canaux. De minces traînées de brume glissaient devant le cratère aux reflets blanc froid de la lune. Le ciel nocturne, couleur encre, donnait l'impression de luire.

Quelques années plus tôt, nous avions vu une telle lune à l'allure titanesque, lors d'une randonnée de plusieurs jours dans les Alpes carniques, sur cette arête qui court entre le Frioul-Vénétie Julienne et la Carinthie. Nous nous trouvions non loin de l'insubrienne, la ligne de perturbation tectonique sur laquelle, comme me l'expliqua alors Chantal, se heurtent les plaques continentales d'Afrique et d'Eurasie. Nous cheminions depuis deux jours dans ce paysage archaïque dont les roches les plus âgées s'étaient trouvées cinq cents millions d'années plus tôt de l'autre côté du globe, à l'abri d'une mer profonde qui subsista pendant des millions d'années, et sur lesquelles s'étaient ensuite sédimentés et fossilisés, strate après strate, les squelettes et les coquilles des habitants de la mer, microbes, seiches, trilobites et bigorneaux, avant que les blocs continentaux, comme me l'expliqua à l'époque Chantal, les yeux brillants, ne franchissent l'équateur au cours de leur dérive, ce dont témoignent encore aujourd'hui les fossiles de ces bancs de coraux autrefois opulents ainsi que l'ardoise rouge qui s'était formée à partir de sable brûlant du désert sur les rives de la mer de l'époque. Et pour finir, dans les temps modernes de la terre, dans les latitudes nord, en un lieu auquel on donnerait plus tard le nom d'Europe, les Alpes actuelles en avaient peu à peu émergé, s'étaient déployées et avaient été remodelées et ciselées par les ères glaciaires. Nous avons donc traversé cette morgue de l'histoire du monde, franchissant un paysage de roches calcaires qui s'empilaient sur des centaines de mètres, de grottes profondes, de gorges et de ravines étroites, de cascades et lacs de montagne, en passant par un sentier d'altitude qui n'avait toutefois été tracé qu'au xxe siècle, c'est-à-dire pendant la Première Guerre mondiale, au moment où l'alliance entre l'Autriche, l'Italie et le Reich allemand avait été rompue et où s'était développée une cruelle guerre de montagne, ce dont témoignaient encore de nombreux passages d'escalade, des tranchées aux larges ramifications, des cavernes creusées dans la roche et des cimetières militaires.

La lune se tenait au-dessus de l'Eiskar, l'un de ces glaciers devenus archives de l'histoire et qui, désormais, au fur et à mesure que le réchauffement de la terre faisait fondre la glace, libéraient peu à peu le passé. Un guide que nous avions rencontré en chemin nous raconta par exemple qu'au cours des dix dernières années, on avait découvert dans la partie des Alpes qui s'élève entre l'Autriche et l'Italie, sous la couche de neige et de glace qui les recouvrait jusqu'alors, des armes, des réserves de munitions et même des avions écrasés, des téléphériques, des bunkers d'observation et, bien entendu, des cadavres de soldats que les glaciers avaient conservés depuis la Première Guerre mondiale, pour certains d'entre eux pendant près d'un siècle. Nous nous tenions là, Chantal et moi, emmitouflés dans des couvertures, blottis l'un contre l'autre, devant une cabane de montagne dans laquelle nous avions pris nos quartiers, nous regardions le glacier de l'Eiskar, la lune qui s'élevait au-dessus de lui, belle et colossale, et nous sentions un peu de l'ampleur et de la profondeur indicibles des cycles géologiques, nous sentions notre petitesse et notre insignifiance face à un univers qui se déployait déjà depuis des milliards d'années – et pourtant nous étions toute braise : nous faisions partie de ce cosmos et nous y étions, en silence, des amants.

Chantal qui, à la vue de cette lune sublime et de la clarté du ciel nocturne au-dessus de la haute montagne, passa d'un état de silence à un état pontifiant, me raconta le phénomène de l'illusion lunaire. C'était une énigme de la perception humaine, que l'on n'avait pas entièrement résolue à ce jour et sur laquelle des penseurs comme Aristote, Ptolémée, Léonard de Vinci, Kepler et Descartes s'étaient vainement cassé la tête depuis des millénaires. Car la lune qui se tient à l'horizon, y monte ou y descend, expliqua Chantal ce jour-là, apparaît à l'œil humain considérablement plus grande que la lune isolée sur la voûte céleste. Une illusion d'optique qui se dissipe aussitôt si l'on encadre le regard, par exemple en contemplant l'astre à travers le poing ouvert en tuyau, ou encore, en se penchant, en l'observant entre ses propres jambes. (Chantal, d'humeur enjouée, me montra alors comment faire, et penser à ces moments me rend très heureux.) La lune, vue sous cet angle, se réduit d'un seul coup, non pas à sa vraie taille sur le plan de la perspective, mais plutôt à celle d'une illusion plus plausible. Cette lune disproportionnée que l'on voit à l'horizon du firmament aplati est une pure et simple erreur de calcul de notre cerveau, m'expliqua ce jour-là Chantal, sur l'arête des Alpes carniques, d'un cerveau qui était toujours disposé moins à calculer qu'à inventer partiellement une composition probable, et utile à la survie, de données sensorielles. Quitte à ce que nous prenions ce que nous voyons pour une réalité objective. Alors, conclut Chantal, que ce n'était qu'un beau mensonge de fortune.

J'étais assis dans le taxi qui me conduisait à travers Tokyo et je contemplais la lune tantôt à l'œil nu, tantôt à travers l'objectif de mon appareil photo. Dans ce dernier, l'astre perdait toute sa grandeur et toute sa puissance. Il semblait très éloigné et dépourvu de force. Ne pas pouvoir saisir avec mon appareil cette image sublime me mit en colère.

Le chauffeur toussota. Je levai les yeux. Le visage d'Abra était tout près de ma fenêtre et faisait des grimaces.

« Doraemon, aide-moi ! Te voilà enfin ! » s'exclama-t-elle avant de me prendre par la main et de filer. Il t'a fallu un sacré bout de temps, dis donc ! »

Je remarquai le ton coléreux de sa voix, mais décidai de l'ignorer.

« Qu'est-ce qui se passe ? Il t'est arrivé quelque chose ? » demandai-je.

Abra se tut. Elle paraissait se taire avec autant d'excès qu'elle avait parlé lors de notre première rencontre. Elle se taisait et me tenait fermement la main, elle marchait à grands pas dans des ruelles désertes, un peu sinistres et mal éclairées, encadrées de rangées d'immeubles bas aux volets roulants baissés. Elle avait la main froide. Elle me tenait avec l'insistance d'un enfant égaré et me tirait derrière elle. Où allions-nous ? Qu'est-ce que je faisais là ? Je m'arrêtai.

« Écoute, nous ne nous connaissons pas. Tu me réveilles au milieu de la nuit, tu me fais venir à l'autre bout de la ville sans me donner la moindre explication, et maintenant tu ne dis pas un mot et tu m'entraînes vers je ne sais quel désert abandonné de tous. Je trouve que j'ai le droit de savoir ce qui se passe ici ! »

Abra parut pétrifiée, comme si je venais de lui lancer à la tête la pire vulgarité imaginable. Elle se retourna brutalement et repartit à grands pas.

« Alors il ne vaut mieux pas ! » cria-t-elle avant de disparaître au coin d'une rue.

Dans quoi avais-je bien pu m'engager ? Je lançai un rapide coup d'œil à la lune, à sa lumière froide qui m'éblouissait.

« Abra, mais attends donc ! »

Elle était au seuil d'une maison et pleurait. Je m'assis à côté d'elle et même si j'étais moi aussi un peu agacé, je posai mon bras autour de ses épaules.

« Il est probablement parti, maintenant ! dit-elle d'un air de défi, les yeux enflés.

– Qui ? Qui est parti ?

– L'ami que je voulais te présenter.

– Tu voulais me présenter un ami ? Mais c'est gentil, ça ! fis-je d'un ton qui paraissait fatigué.

– Oui, et ça n'est pas facile de lui mettre la main dessus. Il pointe rarement le bout de son nez. Beaucoup trop rarement. Un petit bonhomme timide. On le voit au cours de nuits comme celle-là. Je suis certaine qu'il aurait pu t'aider. C'est une sage créature, tu sais ? »

Elle voulait m'aider. C'était tout.

« Je suis désolé, dis-je. Nous avons peut-être encore le temps de rencontrer ton ami ? »

Je n'avais pas même terminé ma phrase qu'Abra s'était déjà subitement remise debout et avançait devant moi d'un pas ailé, comme si rien ne s'était jamais passé.

« Eh bien, viens ! cria-t-elle. *Ikou !* Allez, allez ! »

Elle tourna dans une rue étroite et sombre, un passage entouré de hauts murs où même la lumière vive de la lune ne pénétrait pas. J'eus un bref instant d'hésitation. Tout était noir. J'entendais à une certaine distance les pas d'Abra qui grinçaient sur le béton humide et le gravier. Quelque chose me frôla alors la jambe. La surprise me fit faire un bond de côté. Je vis les yeux luisants et en amande d'un chat. Il me regarda un moment puis disparut de nouveau dans la pénombre.

Abra me prit la main.

« *Yare yare !* Mes aïeux ! Jona, superhéros. Dans le pire des cas, un monstre nous dévore, ou alors nous tombons dans une crevasse obscure, directement en enfer ! Allez viens, il est là, juste derrière ! »

Nous nous faufilâmes par un trou dans une palissade, à l'extrémité de la ruelle. Ma veste resta un bref instant suspendue à un morceau de fil de fer qui dépassait, pointu et instable, au bord de la faille.

« Mais attends donc ! criai-je.

– Taraaaa ! » trompeta Abra, rayonnante.

Je levai les yeux et découvris le paysage composé qui s'ouvrait d'un seul coup devant nous. C'était un jardin japonais au centre duquel un petit étang s'étalait à côté d'un temple tout simple, de lanternes de pierre et de quelques collines de mousse sur lesquelles poussaient des arbustes et buissons, et sinuait un petit sentier. Le décor paraissait irréel, avec ses reflets argentés, on l'aurait dit rêvé ou inventé et placé sous une lumière lointaine et extraterrestre.

« Tiens, enfant d'elfe ! Tu vas en avoir besoin. »

Abra me tendit quelque chose que je ne reconnus pas du premier coup. C'était un objet sombre et allongé, il avait même une taille interminable. Était-ce une arme ?

« Un concombre ?

– Mais oui ! Pour qu'il sache que tu as de bonnes intentions ! »

Avant que j'aie pu poser la moindre question, Abra s'assit au bord de l'étang et sortit un autre concombre et une bouteille d'eau de son sac généreux. D'une main, elle caressa la surface de la petite mare. On entendit un discret clapotement. Pour le reste, le silence était total. Plus rien n'indiquait que nous nous trouvions dans l'une des plus grandes métropoles du monde.

« Nous arrivons tard. Tard, tard, murmura Abra. C'est moi, mon petit ami. C'est moi, Abra ! »

Je m'assis au bord du plan d'eau et me sentis particulièrement audacieux au moment où je regardai tout droit la lune qui déclinait lentement. Comme si c'était Chantal elle-même qui pointait le nez dans les cratères de la lune. Un calme gelé commença à se répandre en moi. Je me penchai en arrière comme pour prendre un bain de soleil. Pendant un bref instant, je me dis : Je prends un bain de lune. Et je m'abandonnai à cette force étrange.

– 35 –

Je me réveillai, nu, à côté d'un jeune homme, un Japonais dont l'attitude dans le sommeil exposait son sexe de manière importune. Je m'éveillai le cœur battant et douloureux, confus, dans un état lamentable, empli de vagues souvenirs, des images de la nuit qui ne se recomposèrent en moi que peu à peu et se démembrèrent aussitôt : peau, langues, contacts, whisky, cigarettes, préservatifs, regards. Il y avait un reste de ce soulagement que j'avais éprouvé au moment où j'avais pu déverser toute la nostalgie accumulée et assouvir le besoin du corps maladroit d'un garçon quelconque qui eût au moins été tangible, présent, authentique. Je ressentais aussi la honte et l'écœurement qui étaient simultanément montés en moi. Dans ces images, Chantal était un personnage de rêve qui se tenait dans un coin sombre de la chambre et nous regardait partager notre plaisir. Chantal, comme un esprit qui reste là un certain temps, grimace à chaque son que je produis, puis se détourne et s'en va.

À mon grand effroi, on était déjà l'après-midi. Doucement, pour ne pas réveiller l'inconnu, je tentai de m'habiller, mais ne trouvai pas mon slip. Je finis tout de même par le dénicher, à moitié coincé sous le corps lisse et brillant du Japonais, si bien que j'eus quelque peine à l'en libérer en poussant des jurons. Je contemplai l'homme nu et endormi. Il m'était tellement indifférent que j'en fus épouvanté. Il n'avait rien à voir avec moi. Il n'avait même pas de nom. Je ne savais pas où j'étais. Je ne savais pas si je voulais le savoir. Un regard par la fenêtre me montra des gratte-ciel, des tours, des façades de verre, des constructions en acier. J'étais tout en haut.

La terreur me fit flageoler un bref instant quand je la vis. Abra. Elle aussi était nue et dormait allongée sur un canapé. Je fus à deux doigts de crier. Il y avait eu une mutilation. Quelque chose manquait. La jambe droite avait disparu depuis le genou et l'on ne voyait qu'un moignon à la place du bras gauche. Je me tenais là, dans cet appartement qui n'était pas le mien, et je regardais fixement son corps, sa peau en papier, transparente, ses petites veines bleu pâle, les restes de ce qui avait été des membres. Deux prothèses reposaient au sol. Puis je me détournai. (D'Abra, de moi-même, du monde.)

Cela débuta au moment où je me trouvais dans le vestibule de l'appartement, je venais de finir de passer mes chaussures et je cherchais ma veste. Je tremblais. Pire encore : je vacillais. J'avais du mal à tenir debout. Peut-être avais-je été pris de vertige, mais ce n'était pas un vertige. Je craignis de perdre conscience, de sombrer dans le sommeil. Je m'attendais à voir le noir, puis un rêve tendre et soulageant. Mais il n'y eut pas de rêve. Ou alors il avait déjà commencé et j'y étais empêtré depuis longtemps. Je regardai le plafond et vis que la lampe se balançait au-dessus de moi, incontrôlable, prise d'une extase subite. En grinçant, en craquant, en mugissant, les choses commencèrent à s'animer autour de moi, à se défaire de leur rigidité, de leur inertie, comme si un désir bouillonnant les traversait tout à coup et les sortait de leur sommeil objectal, les éveillait en les secouant, leur injectait un goût du monde et du changement de perspective, si bien qu'elles se mettaient en mouvement en s'ébrouant, malgré elles, sans avoir encore le choix. En vibrant, en sautant, en tombant, elles s'adonnaient sous mes yeux, non, en ma compagnie, à une danse excitée. Par exemple l'étagère qui s'approcha de moi, d'abord en chancelant lentement, puis en oscillant et pour finir par bonds circulaires, avant de s'écraser au sol dans un bruit de tonnerre, me manquant seulement d'un centimètre. Le pot de l'orchidée, les sandales en paille, le récipient de saké, les chaises, la table, le téléviseur à écran plat, les photos accrochées aux murs, la vaisselle dans les armoires et la vieille théière, tout fut saisi d'une secousse épileptique, enivrée, dont je ne savais pas si elle tenait de la colère ou de la joie. Non, ce n'était pas moi qui tremblais.

C'étaient les choses autour de moi. C'était le bâtiment, mieux, c'était toute la ville. Je courus vers la baie vitrée, tombai, me relevai, me tins au mur – je crus un instant qu'il allait céder – et regardai à l'extérieur. Je vis les immeubles qui dansaient, c'était inconcevable, ils allaient et venaient comme des roseaux dans le vent, mélancoliques, nonchalants, une ville prise de boisson, un monde en délire.

« Il faut sortir d'ici », cria Abra en m'attrapant par l'épaule. Je lui lançai un bref coup d'œil. Elle était toujours nue, mais portait de nouveau ses prothèses. Sa main artificielle bougeait comme si elle aussi s'était éveillée à une vie propre et agitée. Le jeune Japonais parlait à Abra avec excitation. On lisait la peur sur son visage. Je ne comprenais rien. Il me colla dans la main un sac à dos argenté.

Qu'est-ce que je dois en faire ? « *Safety* », dit-il. Dehors, les sirènes retentissaient.

Qu'est-ce qui est viable ? Qu'est-ce qui va tenir le coup ? Qu'est-ce qui ne se casse pas quand on tape dessus ?

Je tirai sur la porte, la secouai, ou bien elle me secoua, car le tremblement paraissait se prolonger au plus profond de moi-même ou bien en provenait et se propageait au monde en cercles concentriques. La porte s'était coincée, il n'y avait pas moyen de l'ouvrir. Derrière moi, j'entendis le jeune homme qui parlait, peut-être à moi, mais de manière incompréhensible, puis il me toucha la nuque, me serra dans ses bras, en tremblant, comme s'il y avait une familiarité entre nous, comme s'il existait un lien secret qui s'était noué pendant cette nuit, mais allait au-delà, comme s'il devinait que je ne souhaitais justement rien moins ardemment que d'être serré dans des bras. Mais pas par lui. Pas par lui. Pas par lui. Il me tenait fermement. C'était Chantal qui me tenait, Chantal dont les bras se posaient derrière moi par-derrière, me serraient contre elle, proche et en sécurité. Enfin. Si bien que le monde disparut autour de moi. Et que tout devint calme. Silencieux. Bon. Pour un instant. Chantal. Je me dégageai en m'ébrouant, à moins que ce ne soit le sol qui s'en soit chargé. Puis la porte se retrouva ouverte et moi dans la cage d'escalier, vacillant, vers la gauche, vers la droite, vers la gauche, à genoux, et de nouveau debout, plus loin, juste plus loin, à côté d'une légion de silhouettes qui affluaient par les portes, sortant dans le couloir et l'escalier, toutes silencieuses, concentrées sur la nécessité de rester sur leurs jambes, comme une caravane d'ivrognes sur un trottoir après minuit.

Ce qui s'est passé ensuite, je l'ignore. Je crois que je suis tombé. Où ? Sur quoi ? Et puis, effectivement, le noir s'est fait.

Tout autour, des sirènes hurlaient. Je ne sais pas non plus comment je suis sorti de l'immeuble. Il y a forcément eu quelqu'un pour me porter, en dépit du tremblement persistant et du risque qu'il y avait de se retrouver en compagnie d'un inconnu sous les décombres d'un immeuble effondré. (Depuis quand les immeubles s'effondrent-ils ? Depuis quand le sol ne porte-t-il plus ?) Quelques têtes étaient penchées au-dessus de moi.

« Vous allez bien ? Pas de problème ?

– Tout va bien. Merci beaucoup. »

J'étais allongé sur une pelouse, à côté d'un étang, dans une petite oasis entre des constructions de verre et d'acier pointées vers le ciel, dans un monde de formes qui, je le compris à cet instant, s'offrait à moi dans une perspective impossible, par le reflet des façades, un monde dans lequel les bâtiments poussaient les uns dans les autres autant que dans le ciel et où le ciel s'étendait à l'intérieur des bâtiments.

Je fermai les yeux pour échapper au vertige, mais sans succès. Ce mot singulier me revint à l'esprit, ce mot que Chantal avait parfois employé et qui, tout d'un coup, m'apparaissait comme une formule secrète et médiévale : *refugium*.

C'est à un refuge de ce type que j'aspirais lorsque je me levai et me mis à marcher, ou plutôt à tituber, avec mon sac sur une épaule, le sac argenté du Japonais sur l'autre, et sortis de ce jardin irréel pour entrer dans des rues réelles qui – je l'espérais – étaient pleines, grouillant de monde, une assemblée des désemparés, ils se tenaient là, regroupés dans un ordre mystérieux, tête baissée, tassés sur les vastes places et pourtant isolés, ils regardaient leurs appareils, ils tapotaient sur leurs claviers, ils les secouaient, les tenaient en l'air en quête de réseau ou parlaient, non pas les uns avec les autres, mais chacun pour soi, dans un dialogue discret avec ce refuge qu'ils tenaient dans leurs propres mains. D'autres encore se trouvaient là, le regard vers le haut, peut-être animés par la peur archaïque que le ciel puisse leur tomber sur la tête, certains marchaient hâtivement dans la foule vers un objectif éloigné quelconque, beaucoup attendaient simplement, écoutaient les voix qui – venues d'on ne savait quel coin, ou bien du ciel ? – recouvraient les sirènes et se déposaient sur la foule d'un ton apaisant et avec des mots incompréhensibles. Un chant absurde et pourtant suggestif. Je demandai à un passant, qui traduisit à mon intention : « Quittez les bâtiments. Gardez votre calme. Des répliques pourraient suivre. » Et elles suivirent. Je regardai le bas de mon corps et constatai que je tremblais. Même si je me sentais totalement calme, peut-être étrangement soulevé, je me disais que la confusion et l'ébranlement du monde extérieur étaient subitement en accord avec mon monde intérieur, qu'un tremblement neutralisait l'autre et le faisait disparaître. J'allai ainsi, tandis que les bâtiments tanguaient de nouveau autour de moi, que les sirènes hurlaient, que les gens s'asseyaient ou s'allongeaient par terre, s'agrippaient les uns aux autres ou à des objets, j'étais le seul à marcher d'un pas léger, tranquillement, dans la large rue dont le trafic s'était totalement arrêté, je montai quelques marches, presque en volant, entrai dans un parc artificiel, m'assis sur une pelouse qui se trouvait sur une petite hauteur à côté d'une installation abstraite et de deux gratte-ciel qui étincelaient au soleil de l'après-midi, et je regardai en bas, cette danse désormais statique des vacillants qui, me sembla-t-il, se regroupaient en formations homogènes, par exemple sur la terrasse d'un café, entre les voitures immobiles et alignées à une certaine distance, suffisamment éloignés des puissants piliers et des constructions de la route suspendue qui passait entre les immeubles, immeubles qui se tenaient là, oscillant, chorégraphiés par l'architecture de la ville. Je remarquai les grands écrans sur les immeubles d'en face qui, comme si cela faisait partie de la mise en scène globale, diffusaient en parallèle des images de films catastrophe hollywoodiens, sensationnalistes, des images de gens en pleurs, de maisons détruites, de tsunamis qui n'emportaient pas seulement avec eux voitures, bus, navires, maisons et ponts, mais des contrées entières, images d'une étrange masse noire qui clapotait, se roulait sur la terre comme un monstre déchaîné et emportait tout avec elle dans une indifférence aveugle et obstinée. Et, de fait, cette surenchère démesurément déplacée m'inspira effroi et indignation, comme si jamais aucune catastrophe réelle n'était jamais assez terrible pour ne pas être surpassée par une catastrophe médiatique, comme si l'horreur en chair et en os était en concurrence permanente avec l'imaginaire, comme s'il fallait toujours apporter la preuve que chaque réalité était à la traîne de ce dernier, dans l'illustration du bonheur comme de la destruction. Je n'étais pas le seul dans ce cas, car d'autres que moi, je le constatai alors, se tenaient là, ahuris, regardaient les images qu'ils désignaient du bout de leur bras levé, ou les mains devant la bouche tant leur terreur était forte, comme pour confirmer que ces effets de lumière irréels les faisaient bien plus frissonner que le monde vacillant qui les entourait, ce monde qui arrivait à sa fin. C'est alors que je vis, sur les écrans, porté par une présentatrice de la télévision japonaise, le casque blanc qu'arboraient aussi les gens qui m'entouraient, devant moi, derrière moi, dans la rue. Ce casque blanc se multipliait en série sur les écrans qui montraient plusieurs fois la même chose et, épars, sur les têtes de ceux qui se trouvaient près de moi, et les images et le monde qui m'environnait, soudain, ne firent plus qu'un. Dans un moment de bascule, le mot « réalité » se désintégra sous mes yeux et se dispersa dans un vertige qui s'empara tout à coup de moi, dans toutes les directions imaginables.

Et comme le casque blanc était tout autant sur les écrans qu'autour de moi et qu'il semblait se trouver aussi en moi, comme les images de catastrophe étaient sur les écrans telles qu'elles devaient être ailleurs, c'est-à-dire des catastrophes réelles, et devenaient aussi des catastrophes en moi, comme les gens qui pleuraient étaient effectivement des gens qui pleuraient, comme la destruction était effectivement une destruction, je fus d'un seul coup frappé par cette masse noire qui clapotait et qui, peu de temps auparavant, s'était déroulée sur la terre comme un monstre déchaîné et avait tout retourné et emporté sur son passage dans un bruit assourdissant.

– 36 –

Quand je voulais aller chez moi, je sortais. J'allais dans *ma clairière.* Quittant la maison de mes grands-parents en traversant la prairie en diagonale, je grimpais sur le tronc d'arbre cassé pour franchir le torrent, je descendais jusqu'au moulin en ruine, de là, dans la forêt, passant devant l'affût perché, cent huit pas à travers les bois et le long de la berge, trois fois en cercle sur une jambe, onze grands sauts à travers les fourrés. Et j'y étais.

Au milieu de la clairière se trouvait une pierre gigantesque, d'une taille suffisante pour que je m'y allonge, la tête posée sur la mousse moelleuse qui me chatouillait et absorbait aussi patiemment mes larmes que mes secrets. C'était une trouée au milieu de la forêt, une faille dans laquelle – à peine m'avait-elle admis – le monde devenait effectivement plus clair, plus précautionneux, plus rayonnant. Ici les couleurs étaient saturées, le sol tendre, les fleurs et les champignons paraissaient pousser avec plus d'insouciance. Ils me faisaient oublier la disparition, celle de ma mère défunte aussi bien que le monde qu'elle avait emporté avec elle : la ville, l'école, mes amis, la ruelle et le terrain de jeu.

– 37 –

C'était il y a quelques années. Je me trouvais dans la maison de mon grand-père, qui venait tout juste de mourir, et je tenais dans les mains un objet qui n'avait aucune signification. Il s'agissait d'un petit morceau de bois, peut-être une sculpture, peut-être aussi, simplement, l'avait-on ramassé dans la forêt, grand comme une noisette, usé, une demi-sphère mais parcourue de stries, et sur le côté plat duquel saillait quelque chose comme une coque. On pouvait croire qu'il avait eu, jadis, une utilité et qu'il s'était simplement cassé, mais on n'en relevait pas le moindre indice. Ce n'était qu'une chose. J'aurais pu la jeter aussitôt. Sur la montagne des restes détachés de tout contexte. Mais je n'y parvins pas. Car j'avais trouvé la chose dans la cave du jardin, dans ce petit carton de couches pour incontinents qui constituait tout l'héritage de mon arrière-grand-mère. À côté d'une liasse de lettres, de quelques documents, bijoux et photos pâlies, il était, conservé comme un trésor, dans un petit coffret orné de mosaïque. Personne dans la famille ne put me renseigner sur ce qu'était cette chose. Ceux qui le savaient étaient morts. Sa signification avait disparu avec le souvenir. Je me mis donc à lire, à lire ces lettres sur papier jauni, que je pouvais à peine déchiffrer car elles étaient écrites en écriture cursive allemande minuscule. Il s'agissait de lettres que mon arrière-grand-mère avait écrites à son mari pendant la guerre. Très aimé ! Cher Mien ! Mon Ludwig aimé. À côté, je trouvai l'avis de décès en provenance de Theresienstadt. Nous sommes au regret de devoir vous annoncer que votre époux, Ludwig J., est décédé le 3 février d'une pneumonie, en dépit de tous les soins médicaux. Finalement, j'ai trouvé cette phrase dans les lettres. On y lisait : « Mon chéri, jour et nuit je tiens ton poisson-oignon dans mon poing et je prie. Mon arrière-grand-père était typographe dans une imprimerie. Dans le métier, on appelait “poisson-oignon” les coquilles, c'est-à-dire les caractères composés par erreur dans une autre casse, les écarts, les petites fautes au fil du texte. Mon chéri, jour et nuit, je tiens la coquille dans mon poing et je prie. » Et l'insignifiant, dans mes mains, s'est transformé. Cette simple chose est devenue une figure de bois hybride, mi-oignon, mi-poisson, sans doute un cadeau de mon arrière-grand-père à son épouse, un symbole, un fragment de souvenir, déjà, pour elle, usé et imprégné de la sueur que l'angoisse lui faisait perler aux mains.

J'ai exposé l'année suivante à Terezín et à Prague ma série de photos intitulée *Poissons-Oignons*. On pouvait lire dans le programme de l'exposition : *Pour maintenir la mémoire des choses, il faut que les hommes s'en soucient. La chose en soi ne signifie rien. Si le contexte disparaît, il ne reste que la trace. Seule la narration et encore la narration s'oppose à la disparition.* La photographie, c'est ce que je compris à l'époque, était ma forme de narration. Une narration sans mots.

Ce jour-là, à l'inauguration de l'exposition, je crus sentir la présence de mon arrière-grand-père. Comme si son esprit, devenu curieux, était sorti de sa fosse et, en guise de remerciement pour ce rituel artistique, avait fait une apparition dans la galerie.

– 38 –

You cannot hear anything?

No! I can't.

What is it? Why??

I don't know. Have no idea.

Have you been hurt during the EARTHQUAKE???

No, no. Nothing happened.
I guess...

So strange! When did this start?

Mmh. Maybe two
hours ago or three?

Please help me.
I need a doctor.

I will help you. Calm down. It's your nerves.
That's all. I know a doctor. In a hospital.
He is a good friend.

OK. Thank
you so much.

Don't worry!!

- 39 -

Plus tard nous nous retrouvâmes à l'hôpital, nous attendions.
Elle écrivit : Je m'appelle Mikako.
J'écrivis : Enchanté, Mikako. Moi, c'est Jona.
Elle écrivit : Jona, comment vas-tu ?
J'écrivis : Merci, je vais mieux depuis que tu es là.
Elle sourit et je sentis la chaleur monter en moi.
J'écrivis : Mikako, je ne sais pas comment te remercier.
Elle écrivit : Ça n'est pas un problème.
J'écrivis : Tu n'es pas forcée de rester ici auprès de moi, Mikako. Quelqu'un t'attend sûrement.
Elle écrivit : Je crois que personne ne m'attend.
Elle baissa le regard.
J'écrivis : Mikako, comment vas-tu ?
Elle écrivit : Merci, je vais mieux depuis que tu es là.
Nous éclatâmes de rire.

Mikako avait vainement tenté d'appeler son ami, le médecin qui travaillait à la clinique universitaire toute proche. Le réseau téléphonique s'était effondré. Elle m'avait donc pris par le bras – ma main fermement enserrée par la sienne, qui était petite et chaude – et m'avait guidé à travers la ville, comme si je n'étais pas seulement sourd, mais aussi aveugle. Et de fait, de temps en temps, alors que le monde passait si tranquillement devant moi sous la forme d'une interminable série d'images que, dans un premier temps, désespéré, je tentais encore de retenir à l'intérieur de moi-même, je fermai les yeux, la suivis aveuglément et lâchai tout, si bien que, cette fois non pas par désespoir, mais poussé par un bonheur singulier et, pour moi, à peine compréhensible, des larmes me coulèrent sur les joues. Et de nouveau, ce furent les mains de Mikako. Elles tenaient un mouchoir en papier imprimé de fins motifs japonais et me le passaient sur le visage, elles le tamponnaient et le séchaient. J'avais honte. Moi, un homme adulte de trente ans, je me faisais sécher les larmes. Je m'étais laissé aller. J'avais tellement aspiré à être tenu qu'instantanément, à peine avais-je senti autour de moi la chaleur attentionnée de Mikako, je m'étais affalé et l'avais laissée me porter comme un enfant trouvé. Mikako me sourit. Je l'imitai et baissai les yeux, embarrassé.

L'hôpital était plein à craquer. Nous montâmes de hauts escaliers roulants, nous décrivîmes plusieurs spirales, nous évoluions dans une architecture labyrinthique faite d'étages, de halls, de sas et de galeries, passant devant des personnes qui attendaient, des vieillards malades en fauteuil roulant, des infirmes, des gens allongés dans des lits d'hôpital, d'autres se promenant en pyjama ou en amples chemises. Mikako s'arrêtait de temps en temps, se renseignait, tantôt ici, au guichet d'information, tantôt là-bas, auprès des infirmières qui marchaient à grandes enjambées. Qu'aurais-je bien pu faire sans Mikako ?

M. Takano nous salua très aimablement lorsque nous finîmes par le trouver. Mikako commença par le prendre à part, loin de moi, comme si je risquais, autrement, de l'entendre ou de la comprendre. Je me tenais là, et c'est à l'intérieur de moi-même que j'écoutais. Ce silence empli de bruits fantastiques. Des voix de rêve, des paysages entiers de sons qui remontaient de mes souvenirs. De temps en temps je levais les yeux dans leur direction. M. Takano avait le front plissé, les sourcils froncés. Il me regarda un instant et je tressaillis, puis détournai les yeux. Dans l'une des chambres de malade dont la porte était ouverte, je vis deux enfants jouer avec un petit robot vert. Il clignotait et dodelinait mécaniquement de sa tête carrée. Les enfants riaient et tenaient leurs petites mains devant leur bouche. Lorsque M. Takano se dirigea vers moi, son visage était dénué de toute expression. Il s'inclina et je l'imitai.

– 40 –

Les souvenirs de la nuit précédente me revinrent lentement, avec hésitation, sous forme de fragments, d'épisodes, d'images et de phrases bizarres.

… J'étais donc assis dans le jardin japonais aux reflets argentés, je regardais cette lune déclinante qui m'enivrait, je me laissais retomber dans l'herbe et je prenais un bain de lune…

À ce point, la mémoire cesse de fonctionner.

… Ero guro ! *C'est une abréviation. Pour* ero guro nansensu *! Tu n'y avais pas pensé, hein ? Ce que ça veut dire ?* Ero, *érotisme.* Guro, *grotesque.* Nansensu, *absurdité ! Bien, non. Bref, c'est ce que je défends. Et comment ! Je ne sais pas du tout ce que je préfère des trois. Sans parler du mélange ! Nous, Japonais, nous les connaissons depuis les années 20. Quelle époque ! L'ère Taishō-Zeit. Nous avions un empereur qui n'était pas bien fini de la tête. Il lui manquait quelques vis. Il s'est accaparé le* nansensu. *Et après. Ça a fait du bien à l'art. Et à la vie ! Hourra à Jona le grincheux et aux années 20 ! L'heure d'un revival a plus que sonné, c'est ce que je dis toujours.* Ero guro. *Voilà ce qui te manque !…*

… dans la minuscule et chaotique cellule d'habitation d'Abra, entièrement remplie de livres, de disques, de porte-bonheur, de masques japonais, d'animaux en peluche, de photos de nus, de poupées et autres objets burlesques. Au mur était accrochée une grande ramure de cerf. Je choisis donc l'une de ses robes, un modèle large et simple à motif graphique, et je commençai ma métamorphose. Abra ne pouvait plus quitter mes cheveux des yeux. *Des cheveux blond clair ! Comme ceux d'un elfe ! Exactement comme ceux d'un elfe !* Elle les peignait et les palpait tandis que je passais mes bas. Mascara, fard à paupières, eye-liner, rouge à lèvres, gloss – et la métamorphose fut accomplie. Plus rien ne pouvait calmer Abra, qui m'appela désormais Cendrillon, car mon pied, effectivement…

… *Quoi ? Une Française ?* Pas de problème*[1] ! Les Françaises*, *c'est comme les nouilles dans la casserole. On en trouve à tous les coins de rue,*

1 Les termes en caractère romain et suivis d'un astérisque sont en français dans le texte.

et al dente *elles ont un goût admirable.* Délicieux* ! *Une gourmandise ! Tu n'as qu'à venir avec moi. Je connais quelque chose qui marche à tous les coups. Quoi ? Tu hésites ? Je sais ce qui marche toujours dans ces cas-là. Quoi ? Tu hésites ? Sérieusement ? Allez, viens ! Il y a aussi du champagne. Évidemment. Je savais bien qu'on s'entendrait tous les deux...*

... un bâtiment de plusieurs étages, et nous montâmes avec un vieil ascenseur. Sortis de la cabine, nous étions dans une petite chambre mal éclairée. Aux murs étaient accrochées, en cadres dorés, des représentations d'anges potelés et ailés dans le style Renaissance, sur une petite table se trouvaient des roses en plastique, des candélabres et des statues kitsch en céramique. J'hésitai. La porte située de l'autre côté de la chambrette s'ouvrit et un homme en sortit comme s'il venait d'un autre monde, en frac, portant une cravate, des gants blancs, les cheveux proprement coiffés vers l'arrière, un bras dans le dos, l'autre posant élégamment devant son ventre. Il s'inclina. Et il dit dans un anglais britannique élégant :

Bienvenue, ô princesses très sérénissimes !...

... *Un quoi ?*
Un cyborg !
Tu es un quoi ?
Un cyborg !...

... *Bienvenue, ô princesses très sérénissimes !* L'homme en frac, après s'être incliné, se redressa et nous accompagna à l'intérieur, dans un monde décoré de la manière la plus étrange qui fût, et nous fit franchir une fenêtre dans le temps et dans l'espace qui nous conduisit dans un salon de l'époque victorienne : lustres en cristal, rideaux en dentelle, tables ciselées, divans, chaises tendues de tissu rococo, coussins brodés d'or, paravents, statues de céramique, guirlandes de fleurs, peintures opulentes, miroirs encadrés d'or et toute sorte d'éléments de décor raffinés. Il ne manquait rien, sinon une once de modestie et de bon goût.

Il y avait un assez grand salon, avec de nombreuses tables, ainsi que plusieurs salons privés qui, eux aussi, étaient peuplés de Japonaises assises çà et là à la lumière des bougies, des Japonaises qui étaient indubitablement de ce millénaire et qui se laissaient courtiser, en silence ou en gloussant, par la légion affairée des serviteurs européens qui les entouraient. *Allez, ne prends pas cette mine de tamagotchi agonisant et viens, d'accord ?* Abra me tira à l'intérieur de l'un des salons privés. Je me laissai faire, incrédule. Elle s'assit sur l'un des sièges pompeux que lui avait tiré l'un des serveurs et agita une petite cloche en laiton qu'on lui avait apportée sur une tablette en or. À votre service, ô merveilleuse princesse ! s'exclamèrent tous les serveurs qui se trouvaient dans les locaux, lesquels s'arrêtèrent même un instant et dirigèrent vers Abra leurs regards dévoués, la tête légèrement penchée. *Champagne !...*

... Je vous demande pardon ?

Un furīku *!*

Je lui en racontai plus à propos de Chantal. Je lui expliquai pourquoi j'étais au Japon. Et Abra me traita de *furīku* – de *freak*.

Tu sais ce que tu es, Jona ? Non ? Un furīku *! Merveilleux !*

Elle avait probablement raison.

... À votre service, ô merveilleuses princesses. Tandis que de tous les côtés imaginables on nous servait de l'alcool, du champagne et des entrées, je regardai autour de moi et vis des femmes, jeunes ou plus âgées, assises seules aux tables, qui buvaient leurs cocktails du bout des lèvres ou piochaient dans leur salade, l'air perplexe. Des femmes qui osaient à peine lever les yeux, qui rougissaient dès que l'un des serveurs leur adressait la parole, qui se faisaient offrir des cadeaux et admirer et qui, c'est ce que je ressentais, consommaient la moindre bouchée d'attention qu'on leur accordait – aussi cher qu'elles fussent payées –, des femmes adultes qui se faisaient coiffer de couronnes de princesses, tenaient à la main des cierges magiques ou se passaient des anneaux de plastique aux doigts, qui répétaient à voix

basse, les yeux bandés, des formules pour trouver ensuite devant elles – magie ! – une assiette portant leur nom, et qui, le cœur battant, se laissaient entraîner dans de brèves conversations – *Avez-vous jamais quitté le Japon, ma princesse ? Quel est votre pays préféré, ma princesse ? Quelle est votre couleur préférée ? D'où est-ce que je viens, à votre avis, ma princesse ?* – des femmes qui, manifestement en échange de beaucoup d'argent, se faisaient photographier avec leur serviteur préféré – un jeu passionnant et coquet : le choix des modèles ! – et se jetaient pour ce faire, timidement et pourtant tout excitées dans leur pose – *Votre sérénissime altesse a la peau la plus tendre que l'on ait vue sur terre !* – qui, pourvu qu'elles aient suffisamment d'argent – c'était par exemple le cas d'une femme à l'allure maladive qui était assise quelques tables plus loin –, commandaient des menus spéciaux que leur apportait, à genoux et sous les cris de joie, une légion de serveurs – *Vive notre reine bien-aimée !...*

... *Et maintenant :* Kanpai ! *À ce moment !* Abra leva son verre. Kanpai ! *À la santé des princesses !* dirent deux serviteurs de la cour. À moi aussi, ils tendirent un verre. Je trinquai et bus....

L'homme cloné. L'homme invisible. L'homme lisse. C'est ainsi que je les appelais. Je ne sais plus dans quel bar de Kabukichō nous rencontrâmes ces trois hommes. Ils furent, d'un seul coup, assis à notre table, avec leurs costumes sombres, leurs chemises blanches, leurs cravates et leurs visages blêmes. Le cloné, l'invisible, le lisse. Ils venaient de négocier une affaire d'un million et ils étaient d'humeur à lever leur verre. Avec du champagne et du Hibiki, le whisky le plus cher. C'est le cloné qui menait la cérémonie. Les deux autres le suivaient. Car le cloné ne savait que trop précisément comment on se déplaçait, comment on buvait, comment on devait regarder et comment on devait parler. Surtout aux filles. Il n'avait jamais eu à l'apprendre, il l'avait reçu au berceau, ou bien dans l'utérus de sa mère. Les deux autres l'imitèrent. Ils clonaient le cloné. Et ils le faisaient mal. L'invisible se voyait à peine. Le lisse était encore plus invisible que l'invisible. Il était en plastique poli et luisant. Je le remarquai à ses mains, à sa nuque, à son visage, mais surtout à ses mots, ses gestes et ses regards. Ce n'était pas le lisse des matériaux synthétiques, non, cela allait au-delà. Une surface d'un lisse inégalé, comme un miroir presque parfait. Partout où l'on cherchait à l'attraper, on glissait et l'on retombait sur soi-même. Sa peau était imbibée de produit antiadhésif. Ses organes emballés dans du film transparent. Il lançait des éclairs et brillait à la lumière des plafonniers et des lampes blanc froid du bar. Il était luminescent. Une belle décoration...

... *Du linge de jeunes écolières Je vais faire une fortune avec ça,* hontō *! Évidemment ! Vendez-le sur Internet. Aux États-Unis, ça part comme des petits pains ! Et en Allemagne aussi ! Mais ne fais donc pas cette tête-là, Jona ! Panty !* Good business ! Desu ne ? *Il y a les photos des filles avec. Avec leurs grands yeux de chevreuil. Je te le dis, ils en sont dingues ! L'odeur ! Il y a la version* light, *portée quelques heures seulement par une adolescente, pour le sport, par exemple. Plus c'est jeune, plus c'est cher. Évidemment ! Avec des restes de jus de chatte, oh, ça fait monter les prix. Pour des taches de règles, certains paient des fortunes. Du sang !* Kichigai ! *Tu n'y crois pas ! Je suppose qu'ils le lèchent. Qui sait ? Ou la petite culotte tout imbibée d'urine, ça le fait ! Un joli prix. Mais oui ! L'idée m'est venue un jour où un* hentai *m'a abordé dans la rue. Hé, fillette, tu demandes combien pour ton slip ? Alors je me suis dit :* Sugoi ! *C'est de l'argent vite gagné ! Voilà comment ça s'est passé !...*

... aux toilettes du bar à karaoké. Abra m'a tendu deux cachets. *Prends le cachet bleu et l'histoire s'arrête, tu te réveilles dans ton lit et tu crois ce à quoi tu as envie de croire. Prends le cachet rouge et tu restes ici au pays des merveilles, et je te montrerai jusqu'où s'enfonce le terrier du lapin !* Elle se mit à rire, un long rire de défoulement. Je choisis le cachet rouge et Abra dit : *Allez Jona, vas-y, avale-le, n'aie pas peur, allez,* et je l'avalai. Et nous étions déjà revenus au karaoké, que nous avions pour nous avec les trois hommes et la vue sur la ville. La bière était servie par bocks d'un litre et le lisse, titubant dans son vertige solitaire, chantait un tube japonais si mal, si faux et si fort que tous regardèrent le sol pendant un moment, effarés. Abra était assise sur les genoux du cloné, qu'elle appelait Kotora-san, tigre et buveur, et se faisait tripoter par lui. Et j'ignore si c'était la petite pilule rouge ou autre chose, mais je le sentis, bouillonnant et indomptable. Je sentis l'amour qui, sortant de mon corps, de mon ventre, de mes entrailles, de mon sexe, de ma poitrine, de mes bras, remonta par le cou jusque dans la tête, coulant comme du mercure, un mercure spirituel en apesanteur, l'amour, scintillant, et qui de là jaillit à l'extérieur, sur tout, sur la table, les verres, sur le saké et sur la bière, puis par terre. Quel que soit l'endroit où se posait mon regard, il était imbibé et recouvert de mon amour mercure ; *Abra, tu le sens aussi ?* L'homme cloné, l'homme invisible, l'homme lisse pleins d'amour mercure.

Non, cette fois il ne glissa pas, l'amour perça le lisse, s'infiltra, le remplit. Et nous chantions, Abra et moi, nous chantions, *All is full of love* de Björk, nous chantions, je crois que nous chantions sans fin, mieux, je sais à présent que le temps s'est arrêté à cet instant, que le monde gelait, toute la planète dans un sommeil sans rêves, figé, toute la planète immobile, dans un sommeil sans rêves, et il n'y avait plus que nous, Abra et moi, qui nous balancions de-ci, de-là, et de-ci, et qui chantions, chantions, *All is full of love,* et qui nous embrassions et nous touchions comme des amants dérivant dans l'espace vide et infini, qui nous touchions comme si nous étions la seule source de chaleur dans un univers de froid figé par la glace. Je regardai autour de moi, et vis à ce moment-là que nous n'étions plus debout, qu'il n'y avait plus de sol en dessous de nous, plus de contact, que, par conséquent, nous planions au milieu de la salle, les trois hommes en dessous de nous figés, et nous, en revanche, pleins de vie, nous effleurions le plafond, la peau, les âmes, plongés dans le regard de l'autre qui était notre propre regard, jusqu'à ce que nous découvrions l'étroite fenêtre. Nous l'ouvrîmes, l'ouvrîmes avec légèreté et nous faufilâmes à travers elle en courbant doucement nos corps comme s'ils étaient dépourvus d'os, nous nous pliâmes et, par cette faille, je dirais, nous nous blottîmes pour nous frayer un chemin vers l'extérieur, pour sortir dans le ciel de la nuit, au-dessus de la ville, et volâmes, volâmes, main dans la main ou serrés l'un contre l'autre, au-dessus de la ville de Tokyo figée...

... Elle publiait des mangas, m'expliqua-t-elle, ce qu'on appelait des *dōjinshi*, qu'elle dessinait elle-même, imprimait et vendait au Comiket, une gigantesque foire. Je lui demandai de quoi il était question dans ses histoires. Abra se mit à rire et dit : Yamanashi ochinashi iminashi ! *Pas de sommet, pas de chute, pas de sens ! Comme la vie !...*

... lorsque nous atterrîmes finalement dans ce club miteux, entre des femmes d'Europe de l'Est à demi nues qui, toujours deux par deux, s'accrochaient à l'un des hommes et les soûlaient ainsi avec d'épouvantables cocktails, et encore un, et encore un, jusqu'à ce que le lisse, je ne sais plus quand ni comment cela s'est passé, se brise tout à coup, sans doute à la suite d'un contact insignifiant et sans force, se fissure et explose. Sur une glace monstrueusement fine. C'est sur une glace monstrueusement fine qu'un tel Moi est construit.

Et quand, donc, il tomba d'un seul coup, quand il laissa d'abord tomber la tête sur la table, quand il se mit à trembler, d'abord de la main, puis de tout le bras, claquant des dents, le visage tressaillant, puis descendant vers le sol, et hurla, hurla. *Je n'en peux plus ! Je n'en peux plus ! Je ne peux pas. Pas. Pas. Moi.* Jusqu'à ce que tout s'étouffe dans son sanglot. Et que son bras lisse tape sur le sol, tape, tape, jusqu'à ce que sa peau lisse soit totalement ouverte, une plaie sanguinolente. Le cloné se mit à rire. Il rit d'une voix forte, la bouche grande ouverte. *Espèce de bon à rien, le lisse ! Espèce de loser !* Et les femmes arrivèrent, elles se placèrent autour de lui, toujours à demi nues, avec leurs corps usés, leur regard méprisant tourné vers le bas, et elles joignirent leurs voix au sombre chœur des rires. Mais je pus lire sur leurs visages ce qu'elles pensaient secrètement. Elles pensaient : *En voilà encore un. Laquelle de nous sera la prochaine ?*

... Ne me laisse pas seul ! Ne me laisse pas seul ! Et lui, qui jadis était lisse, qui était désormais blessure, il se serra contre moi, contre ma poitrine, comme un nourrisson, quand nous étions dans l'ascenseur, dans l'ascenseur du Tokyo Hyatt, pour monter dans sa suite, au vingtième, trentième, quarantième étage. Et il me coucha sur du satin et me couvrit de baisers. *Ne me laisse pas seul. Ne me laisse pas...* Et comme j'avais encore de l'amour en moi, je laissai faire. Je me donnai. Je l'aimai avec tout ce que j'avais, avec tout ce qui se trouvait en moi, avec tout l'amour qui était dans mes cellules, comme de la scorie ancienne et collante, depuis longtemps durcie et ratatinée, je détachai cet amour et le lui lançai. *Je ne te laisse pas seul. Non, je ne te laisse pas...*

– 41 –

Je suis sur l'étroite terrasse qui entoure l'hôpital, je porte les pantoufles du médecin, je regarde la ville scintillante.

« Vous savez, écrit-il, ici, au Japon, nous vivons depuis des millénaires avec des catastrophes – tremblements de terre, tsunamis, éruptions volcaniques, typhons. Nous avons appris à vivre avec l'imprévisible.

– Comment fait-on cela ?

– On fait son deuil. On lâche. On recommence à zéro. Pas à pas.

– Comment tenir debout quand le sol ne vous porte pas ? »

Je jette un rapide regard au-dessus de mon épaule pour observer le visage fatigué du médecin. Puis je pars en courant, je rentre d'un bond dans le bâtiment, je ferme la porte en verre de l'intérieur, je ferme le verrou, je continue à courir, je laisse les pantoufles trop grandes en route. Le médecin est peut-être en train d'appeler et de taper contre la vitre, mais je n'entends rien et je ne me retourne plus. Je m'enfuis, j'appelle l'ascenseur parce que je suis très haut dans l'immeuble et que je ne trouve aucun escalier. J'attends, j'attends en faisant nerveusement les cent pas. Lorsque l'ascenseur s'arrête enfin et que la porte s'ouvre, je comprends soudain que tel que je suis, à peine vêtu, sans argent, sans ouïe, sans papier, je ne vais pas aller loin dans cette ville. Je fais donc demi-tour, je repars en courant, je reprends le couloir et reviens dans ma chambre. Dans ma chambre. Mais tout se ressemble. Je ne trouve pas ma chambre. Je perds tout sens de l'orientation. Je cours sans plus avoir la moindre idée de l'endroit où je suis. Alors, subitement, je sens sur mon épaule une main qui me retient, sans violence, mais fermement. Je me retourne. Le médecin prend la feuille de papier et écrit :

« Où voulez-vous aller, monsieur Jonas ? »

Où est-ce que veux aller ?

– 42 –

Je tente de me représenter quelque chose de cohérent, de sain, d'indestructible. Je pense par exemple au vase Art nouveau qui se trouvait dans la chambre de ma mère, sur la commode, juste à côté du lit, ce vase, un héritage qui faisait partie de la dot de mon arrière-arrière-grand-mère, laquelle disait-on s'était mariée dans une bonne famille, ce vase en verre transparent, avec des traînées nuageuses d'opaline et ce long col ondulé orné de fleurs de nénuphar, pourvu, à mon effroi enfantin, d'une image de sauterelle.

Je tente donc de me représenter ce vase qui se trouvait à côté du lit de ma mère et près duquel, lorsque je venais la rejoindre les nuits où je ne parvenais pas à dormir, où je me faufilais sous la couverture chaude pour sentir l'odeur de son corps et succomber enfin au sommeil, près duquel, donc, je devais d'abord passer comme devant un beau gardien si menaçant qu'il m'arrivait souvent de rester anxieusement allongé dans mon lit, à lutter contre moi-même, pris entre le désir d'être près de ma mère et la peur de la sauterelle, ce qui m'empêchait encore plus de fermer l'œil. Je tente donc de me représenter ce vase qui, s'il me rendait anxieux, m'avait toujours fasciné et dont il émanait, une fois qu'on avait osé le dépasser, une force étrange et tranquillisante, comme s'il veillait sur mes rêves, comme si, sous sa surveillance, rien ne pouvait plus m'arriver.

Mais chaque fois que je tente de faire apparaître sa silhouette translucide, ses peintures, sa forme sphérique, sa beauté, le vase se met à se recroqueviller sur lui-même et à s'affaler comme de la cire chaude. Il lui arrive aussi de se dissoudre dans l'air, ou de se mettre à voler et de se fracasser contre le plafond en mille éclats et morceaux de verre. On dirait que mon imagination se refuse obstinément à le penser debout, tranquille, dans son entièreté, comme s'il était ensorcelé, possédé par l'agitation et la destruction.

– 43 –

Mikako m'attendait à l'hôpital. Elle resta jusque tard dans la nuit, jusqu'à ce que les derniers examens physiques et neurologiques aient été terminés sans donner le moindre résultat et que je me sois endormi dans mon lit d'hôpital, épuisé et toujours sourd. Nous avions à peine encore échangé une parole. Mais chaque fois que je passais devant la salle d'attente du service, courant d'un examen à l'autre, et m'arrêtais un bref instant pour la chercher des yeux avec un peu de crainte, je la voyais toujours à la même place, immobile devant l'écran, regardant, plus livide chaque fois, les images de terreur qui défilaient. Mikako ne me raconta rien ce soir-là, elle ne me parla pas du tremblement de terre dont la force et les dimensions étaient revues à la hausse parfois toutes les heures, parfois toutes les minutes, jusqu'à ce qu'on finisse par le qualifier de plus puissant séisme qui ait secoué le Japon depuis le début des relevés, elle n'évoqua pas le tsunami ni les incendies, les raffineries qui explosaient, et elle passa sous silence l'état d'urgence nucléaire qu'un porte-parole du gouvernement avait proclamé quelques heures à peine après le tremblement de terre.

– 44 –

Un rêve récurrent : C'est le printemps. Les arbres commencent à se couvrir de vert, ils bourgeonnent, et l'on voit les premières fleurs, de formes et de couleurs les plus diverses. Je cours sur des prairies, je descends un petit coteau et je traverse une forêt de pins sylvestres, j'inspire l'air terreux, j'observe des animaux qui se déplacent dans la forêt. Je suis le vol d'un oiseau, je regarde haut dans le ciel. Alors, paisible et silencieuse, de la neige noire se met à tomber. Le paysage couvert de cendre. Le ciel tout entier dans l'obscurité. Je vois d'innombrables flocons sombres qui tourbillonnent autour de moi, qui dansent dans l'air et se déposent au sol. Les rayons pénètrent dans tout ce qui est vivant, traversent la membrane des cellules, où se produit un incendie, une destruction qui s'accomplit sans bruit et invisible. Et pourtant je vois quelque chose se décomposer, de l'énergie se libérer, des millions de corps lumineux qui se propagent à une vitesse fulgurante, qui pénètrent tout, qui brisent et scindent ce qui se trouve au plus profond des choses. J'assiste à la destruction complète du tissu vivant. Il ne faut pas longtemps pour que tout soit mort. Animaux et plantes, bactéries, micro-organismes. Je les vois devant moi qui frétillent pour échapper à leur fin et finissent par succomber. Sans intervention extérieure apparente. Un combat qui se déroule au plus bas niveau et dans le silence complet. Les pins et les pins sylvestres de la forêt se teintent de rouge et périssent. À la fin du rêve, on voit un cerf mort au sol.

– 45 –

C'est autour du vingtième anniversaire de l'accident du réacteur de Tchernobyl que j'ai voyagé à plusieurs reprises en Ukraine pour travailler à mes *Miniatures du déchirement du monde* et aux *Paysages imaginaires.* J'étais captivé par ce lieu. J'ai marché pendant des heures dans la Forêt rouge, qui n'était plus une zone de mort, mais était redevenue un lieu de la nature, opulente, verte et saturée. Le rayonnement était toujours plusieurs milliers de fois supérieur à la moyenne, et pourtant la flore et la faune du paysage s'étaient de nouveau développées. Dans un monde sans êtres humains.

Je photographiais les villages vides que l'armée avait détruits après l'évacuation de la zone afin d'éliminer toute idée de retour. Je passai des heures à vagabonder dans la ville fantôme de Pripyat, dans laquelle avaient jadis habité 50 000 personnes, et désormais plus personne.

Lors de l'une de mes visites, particulièrement gravée dans mon souvenir, il y avait de la neige. Je suis longtemps resté, à l'époque, au centre de Pripyat, juste à côté du parc de loisirs qui n'avait jamais été ouvert et que la rouille rongeait, car le réacteur 4 avait explosé peu avant son achèvement. Une grande roue orpheline, un autodrome, un carrousel.

Un renard surgit devant moi. Je le suivis dans les rues et sur les places vides de la ville. Entre le gris des blocs d'immeubles délabrés et le blanc de la neige, il constituait l'unique point de couleur. Il était facile de garder à l'œil le rouge clair de sa fourrure. Je le suivis en fredonnant une chanson contre l'angoisse. Lui, en revanche, paraissait insouciant, il se laissait le temps. À un moment, il courut loin en avant et disparut à un coin de rue. Lorsque je le rejoignis, il leva la tête et me dévisagea comme s'il m'avait attendu pour poursuivre sa visite guidée.

Plus tard, un biologiste répertoria pour moi les traces laissées dans la neige. Les animaux se sont emparés de la ville, disait-il. Il en fit l'inventaire : sangliers, élans, chevreuils, renards, lièvres, cerfs communs. Et surtout des loups. Les ours, en revanche, ne se montraient que rarement dans la ville.

J'entrai dans un bâtiment. Les habitants avaient dû quitter les lieux en toute hâte après l'accident. On leur avait à l'époque garanti que ce n'était que pour quelques jours, et ils avaient presque tout laissé derrière eux. Cela remontait à vingt ans. La plupart n'étaient jamais revenus. De nombreux immeubles avaient été pillés et détruits, les fenêtres étaient brisées. Des oiseaux nichaient dans une chambre d'enfant, un sombre battement d'ailes m'entoura lorsque j'y entrai. Je pris une poupée en robe rose qui reposait sur le sol et m'en servis pour taper à l'aveuglette autour de moi. Pris de panique, les oiseaux se mirent à voler partout dans la pièce et à heurter les murs à la recherche d'un chemin vers la liberté. Un oiseau se déchira le corps sur le verre cassé de la fenêtre. Un autre me toucha à la tête alors que je tentais de fuir. Je crois que j'ai crié. Je suis sorti de la pièce à quatre pattes et j'ai fermé la porte derrière moi, puis j'ai repris mon souffle. J'ai descendu l'escalier en ruine. Un homme en loques est sorti par la porte ouverte d'un appartement. Pris de vertige, j'ai failli passer par-dessus la rambarde et tomber dans le vide. Ses yeux, dans leurs profondes orbites, m'ont regardé avec une tristesse effrayée. Il m'a crié quelque chose alors que j'étais déjà à l'air libre : *Radioaktyvnj ! Radioaktyvnj !*

– 46 –

J'ouvre les yeux et je vois une chambre, ou plus exactement une chambre d'hôpital, des rideaux blancs, des machines reliées à des corps, des caractères japonais incompréhensibles. De temps en temps, des femmes en blanc arrivent avec des masques de protection, contrôlent mes fonctions corporelles en produisant, en tout cas je me l'imagine, des sons ressemblant à ceux de chatons qui se chamaillent. Le monde est toujours silencieux.

À côté du lit, je trouve un petit message : « Tu dors comme si c'était ta passion. Abra »

Personne ne fait attention à moi, je me lève donc, je parcours les couloirs, incertain, vacillant – la terre tremble-t-elle de nouveau ? Je regarde dans d'autres salles et je trouve, après avoir erré quelque temps, une petite fille qui, entourée de tuyaux, d'appareils et de dizaines d'animaux en peluche, d'étranges créatures, repose dans un lit. Elle ne réagit pas à mon signe. J'hésite un bref instant, puis j'entre, je m'assieds au bord du lit à côté de l'enfant, je lui caresse le front, qui est brûlant et un peu humide. Je prends sa main dans la mienne, je lui dis que tout va bien aller, sans l'entendre moi-même. Je le dis une deuxième fois, par sécurité. La fillette a peut-être quatre ou cinq ans et, dans ce lit beaucoup trop grand où elle repose, avec ses petits poings qui s'agrippent à l'une des peluches, elle me donne une impression d'indicible abandon. Qu'a-t-il bien pu lui arriver ? Où sont ses parents ? Au bout de quelques minutes au cours desquelles je reste simplement là, à regarder le clignotement des appareils auxquels est relié le corps de la fillette, je prends, faute de savoir quoi faire d'autre, l'une des petites créatures, une bleue, avec de longues antennes et dépourvue de jambes, et je la fais danser sur le bord du lit au rythme des machines qui clignotent. La peluche dépose un baiser sur la joue de la petite fille et lui demande comment elle s'appelle. L'enfant ne réagit pas. Elle est peut-être morte, ne puis-je m'empêcher de penser, je me lève et je fais un pas de côté vers la rangée de fenêtres, je manque de tomber, je regarde à l'extérieur, je vois du verre et du métal qui se reflètent dans la lumière du soleil, qui brillent, et je suis pris d'un vertige, d'une terreur en pensant à quel point je suis perdu.

Je m'assieds de nouveau près du lit. L'enfant ouvre les yeux, de gigantesques yeux sombres au-dessus de son petit nez et de ses lèvres fines, elle regarde les tuyaux, les machines, les animaux en peluche, consciencieusement, elle semble les décompter ou enregistrer chacune d'entre elles – Toi, tu es là, et toi, et toi aussi. Elle regarde son petit poing dans ma main puis, avec une grande lenteur, laisse ses yeux remonter le long de mon bras et, pour finir, sur mon visage, avec tristesse, effroi ou sans expression, je ne peux le dire. La petite créature me regarde, muette, immobile. Je tente de lire sur ses traits, mais en vain. Est-elle étonnée ? A-t-elle peur ? Ou bien est-elle hébétée par la fièvre ? Non, elle a le regard franc et clair.

J'aimerais dire quelque chose, mais je ne sais pas dans quelle langue, je m'incline un peu maladroitement pour montrer à l'enfant à quel point je me réjouis de sa présence. Elle continue simplement à me regarder, sans le moindre mouvement. Mais ensuite, d'une manière à peine perceptible, la petite fille incline elle aussi la tête, la soulève de l'oreiller trop grand pour elle dans un mouvement prudent et la laisse retomber. Puis elle sourit. Un petit sourire madré et joyeux qui me traverse de part en part.

– 47 –

Dans un premier temps, je le remarque à peine. Mais à partir de ce moment, quelque chose n'est plus pareil. Je sors devant l'hôpital, j'inspire l'air pur. Azote, oxygène, bonheur. Peut-être du gaz hilarant ou de l'hélium, quelque chose de très léger, certainement. Non, Jona, ce sont des gaz d'échappement que tu respires. Rien de plus. Et pourtant, si. Je peux en percevoir le goût. Ou les sentir sur ma peau. Alors seulement, je comprends. Pas d'un seul coup. Lentement, comme une intuition qui filtre, puis, peu à peu, comme une certitude : le monde est empli de bruits. Plein de bruits mordants, provocateurs. Le mugissement d'un moteur, un rire, une musique lointaine. J'ai recommencé à entendre.

À l'instant même, le silence me manque.

Ensuite, d'abord légèrement, puis de plus en plus vivement, la terre, la terre tremble de nouveau. Je m'accroupis, j'écoute le grincement, le crissement et le cliquetis des choses, je suis tout entier en éveil, mais je ferme les yeux. Le son est presque douloureux. Et déjà il est reparti. Je me lève et je regarde les environs.

Pourquoi ne pas commencer par cette rue ? Pourquoi ne pas commencer ici et maintenant, tout de suite ? Pourquoi ne pas partir, tout simplement ? Eh bien, d'accord. Je fais quelques pas comme si c'étaient les premiers de ma vie. C'est peut-être le cas. Peut-être s'agit-il d'un commencement. Un pas. Encore un pas. Un garçon passe devant moi sur un skateboard. Lui aussi se tient debout. Le bruit pétaradant des roues sur l'asphalte. Il me rit au visage. Maintenant, donc, c'est bon. Je me mets à courir, j'abandonne tout derrière moi.

– 48 –

Je marche dans Tokyo et je tiens dans mes mains un objet qui signifie quelque chose. C'est le poisson-oignon de mon arrière-grand-mère. C'est mon ancre, un souvenir incarné que j'ai encore une fois arraché à l'oubli. Je continue à marcher dans la cohue, dans le bruit, sur une vaste place pleine de marcheurs, le moindre carré de sol est recouvert par un grouillement de jambes. C'est là que je m'arrête. C'est le lieu qui convient. Le flot des piétons s'écoule devant moi. J'ouvre encore une fois la main, je regarde le poisson-oignon. Toute tentative de retenir les choses est vaine. Alors je le laisse tomber et je m'en vais. Je ne me retourne plus.

– 49 –

J'oublie l'odeur de Chantal. Peut-on se rappeler les odeurs ? J'oublie sa voix. J'oublie cette fichue nuit en Laponie. J'oublie les chansons que nous avons entonnées quand nous étions ivres. J'oublie notre premier baiser idiot. J'oublie son goût de whisky et de cigare. J'oublie le goût de sa bouche. Ses seins. Ses chevilles. Son anus. Son vagin après une journée d'été. J'oublie les cigarettes. J'oublie le vin. J'oublie la grande tache de naissance. Était-elle à gauche ou à droite de son pubis ? J'oublie si elle aime la crème glacée. Plutôt des assortiments de fruits ? Plutôt du chocolat ? J'oublie si elle dort sur le flanc ou sur le ventre. J'oublie si elle voyait en moi un homme, une femme ou quelque chose qui n'a pas de nom. J'oublie ce que je ressentais quand je restais longtemps en elle. J'oublie aussi sa frigidité, sa dissolution. J'oublie son silence. Son rire. Ce rire un peu honteux qui s'étrangle lui-même et se déchire soudain comme une couverture nuageuse.

« Jona ! Jona ! Il est grand temps que tu viennes ! Tu fais une de ces bobines, on dirait les messieurs de la télévision. Une tronche d'état d'urgence national ! Ça peut devenir rigolo ! Je t'ai apporté de la zostère séchée. Un petit remède magique, tu sais ? C'est qu'il contient de l'iode. Ça protège la thyroïde. Ça t'évite le cancer et une mort prématurée ! Merveilleux. On ouvre la bouche ! Voilà, gentil. Et on mâche. On regarde devant soi et on mâche. On continue comme ça ! Délicieux, non ? À une longue vie misérable ! À la fin ! Banzaï ! Tu me manques déjà, Jona. Mais oui ! Et comment ! Nous, les théistes, cela fait déjà des jours que nous sommes sur place. Soupe de rue, thé de rue, thé de rue, soupe de rue ! On tient sa petite main, free hugs *! Nourriture pour bébé, couches et matcha ! Ramasser les décombres, évacuer la boue à la pelle ! Maintenant plus que jamais ! Être* fukinshin *!* Fukinshin, *tu sais ? Difficile à traduire. Se masturber aux toilettes pendant l'enterrement de sa mère. Ça, c'est* fukinshin. *Te défouler en dansant tandis que ton hamster meurt d'un cancer de l'anus. Raconter au monastère une blague salace de moines. Une partouze à Fukushima.* Fukinshin, *tu comprends ? Vivre sans mesure, sans conditions ! Une bonne chose que tu sois là, Jona ! Tu n'es pas un* flyjin, *comme tous les autres ! Pas un* gaijin, *volant, un étranger en partance, un vaurien qui se casse ! Tu ne prends pas simplement l'avion pour échapper à un enfer. Tu ne nous laisses pas en plan pour un petit incendie du monde. Un tremblement de terre, un tsunami, un état d'urgence nucléaire ? En plein dedans ! Mais oui ! Nuages radioactifs, nous arrivons ! »*

Deuxième partie

Comme si j'étais d'un seul coup libéré de mon vertige. Plus rien ne compte, hormis cette journée. Je ne sais pas ce qui m'a conduit ici, dans ce pays, dans le nord, à Fukushima, en marge de la zone, dans ce petit hôpital, dans cette chambre, à côté de cette personne qui m'est inconnue : l'homme de la lune. Abra est partie. Elle ne l'a pas supporté. Satoshi m'émeut. J'ai le sentiment grotesque qu'on a besoin de moi. Pour le moment, j'ai oublié l'art. J'ai même laissé l'appareil photo dans ma chambre d'hôtel, enfoui dans mes sous-vêtements. Il ne reste plus rien derrière quoi je puisse me cacher.

Qui est cette personne ?

Comme les jours précédents, je me désinfecte les mains, je passe la blouse jetable et la coiffe en papier sur mes cheveux, j'enfile les gants en caoutchouc. Le masque de protection arrive en dernier. Satoshi est allongé là, derrière le rideau en plastique transparent. Après plusieurs jours sans un mot, il se met à parler. Il se redresse dans son lit et me regarde.

« Je me suis réveillé très tôt ce matin-là. À trois heures. J'étais couché là comme un fœtus, jambes et bras repliés, toutes les parties proches les unes des autres pour que rien, surtout, ne se perde. La lumière du réverbère. Elle était d'un bleu pâle et criard. Ce réverbère, vous savez ? La ville devient de plus en plus lumineuse. Il y a eu des époques où, au Japon, on aimait la pénombre, le trouble, le scintillant, l'état de rêve. C'est du passé. On a peur de l'ombre. Mes yeux coulaient. Plus que d'habitude. Je me le rappelle encore : suivant une vieille habitude, je me demandai s'il existait quelque chose dont je pourrais me réjouir ce jour-là. Il ne me vint rien à l'esprit. Si. Il y avait quelque chose. Manger. Depuis deux jours, je n'avais plus... enfin, à part quelques petits morceaux desséchés de gâteau de riz... ramassés dans une benne à ordures. Ils avaient le goût de mon enfance. D'eau salée, de confiance. Cela nourrissait doublement. J'étais frigorifié. Les pieds engourdis par le froid. En dépit de l'air chaud qui sortait des distributeurs de boissons. Je suis encore resté là un moment, en me collant à la machine aussi près que possible.

De la chaleur. Un homme en costume est passé devant moi et a pris un gobelet de café brûlant au distributeur. Son regard m'a traversé. J'étais un fantôme. Quand il a été parti, j'ai cherché des pièces dans le compartiment de retour. Je n'ai pas trouvé mon bonheur. Ensuite, j'ai rassemblé mes couvertures et mes cartons, je les ai poussés dans la fente sombre entre les deux vieilles maisons. Pour les petites souris. Avec leur fourrure grise en bataille. Mon ventre s'est contracté. Je me suis mis en marche. D'autres étaient arrivés avant moi. Des visages connus. Nous nous sommes salués d'un hochement de tête. Mais il n'y avait rien à dire. On se tenait les uns à côté des autres, on se frottait les mains à cause du gel. Un vieil homme faisait la tournée, il vendait du thé tiède dans des gobelets en plastique rose, pour trente yens. J'ai fouillé toutes mes poches, j'ai ramassé tout ce que j'ai pu y trouver. Le thé m'a fait du bien. Une fois, j'ai même pu me faire resservir. J'étais à deux doigts de me rendormir debout. Le bus est arrivé au moment où le soleil brillait déjà au-dessus des toits. Je ne m'attendais plus du tout à cela. Ils avaient besoin de dix personnes. Travaux de nettoyage. On paierait le double du salaire journalier. Il y eut une bousculade. Où est-ce que vous nous envoyez, encore ? cria l'un d'eux. Mais l'homme au manteau sombre ne répondit pas. Certains se détournèrent. Non, ce genre de travail, je connais, dit un jeune. Sans dents. Moi, ça m'était égal. Quand on n'a plus de vie, qu'est-ce qu'on met en jeu ?

« Ne dites pas une chose pareille.

– Et pourquoi je ne dirais pas une chose pareille ?

– Mais enfin, vous êtes en vie.

– Je crois que je n'existe pas du tout. Ici, personne ne vit dans la rue. À moins qu'un sans-abri vous ait jamais...

– Mais oui. Ils sont des milliers et des milliers.

– Vous avez dû voir ça en rêve. Demandez donc au gouvernement, il va vous le...

– Je ne crois pas que vous soyez un fantôme, Satoshi-san.

– Alors vous êtes une exception.

– Qui sont ces hommes qui sont venus vous prendre en bus ?

– Personne ne le sait. Personne ne pose la question.

– De la Yakuza ?

– De la Yakuza. Oui. Ils viennent recruter. Ça dure depuis longtemps. La première fois que je les ai rencontrés... J'habitais dans un carton au parc Ueno. Il y avait la légion des chats. Moïse, Akira, Obama, Amaterasu, Black Jack. Mes amis, vous savez. Alors j'avais besoin de plus d'argent. Pour les nourrir. C'est vorace, ces bestioles. Surtout Obama. Lui, il voulait toujours une double ration. Et puis des brosses pour la fourrure. Et du produit contre les puces.

– Vous êtes sérieux ?

– C'est qu'on sent la solitude. Avec le temps.

– Vous n'avez... Je veux dire, vous n'avez pas d'autres amis ?

– Si.

– Abra ?

– Abra. »

Nous restâmes un moment sans rien dire.

« Les hommes de la Yakuza rôdent dans le parc. Ils ont du flair. Ils savent lire sur les traits. Quand une dose de désespoir suffisante s'est amassée sur un visage, ou quand il est creusé et affalé à cause de la faim, mais pas enflé par l'alcool, alors leur heure est venue. Vous cherchez du travail ? Nous voulons vous aider. Ils paient bien. Mais il ne faut pas poser de questions. Ils sortent un contrat. Pour un jour, pas plus. On signe à l'aveugle.

– Vous n'êtes pas forcé de me le raconter, vous le savez, ça, oui ?

– Je le sais. »

Il lève les yeux, timidement.

« Le bus est parti pour le nord, le long de la côte. C'était comme partir en voyage. Enfin ficher le camp. Tout laisser derrière soi. Peut-être à Hokkaidō ? Ou alors sur un port. Par le bateau. Descendre l'archipel, pour une fois, jusqu'aux Kouriles. Ou bien voir, enfin, les îles Ryūkyū. Ou bien à Vladivostok. À Taïwan ? J'étais assis près de la fenêtre. Je pouvais déjà deviner le printemps, pourvu que je produise un effort suffisant. Parfois, derrière des forêts, derrière des digues, il y avait la mer. J'étais heureux. Chacun recevait un bentō. Il fallait quand même que nous soyons en état de travailler. Des ouvriers qui s'effondrent tellement ils sont faibles, non, personne n'a besoin de ça. Quand on n'a rien mangé depuis des lustres, l'estomac est sensible. Il faut manger lentement. Je mastiquais très longtemps. Il me fallait pratiquement trois heures pour finir mon bentō. »

Il ne cesse de marquer des pauses, il regarde ailleurs.

« Le portail principal de l'installation était sévèrement gardé. Mais on a laissé passer le bus d'un simple geste de la main. La routine. Chaque jour, il en arrive des comme nous. Invisibles. Nomades. On nous recrute et on nous livre. Nous faisons partie du flux de matériau. Quand on a de la chance, on est engagé une deuxième fois, une troisième, ou bien envoyé autre part. Quand vous êtes consommé, on vous jette. D'une minute à l'autre, on est échangé. C'est tout simple. »

Satoshi observe les reflets sur la bâche transparente qui entoure son lit.

« Quand nous sommes arrivés, c'était juste après midi. Le soleil. Une froide journée de mars. La mer complètement immobile. Dans ces latitudes, elle a une couleur, vous savez, comme nulle part ailleurs. Un indigo étonnamment brillant, avec cette touche de gris. Rien à voir avec le vert émeraude qu'on trouve d'habitude dans les eaux tropicales. Et la lumière. Comme des paillettes sur l'eau. On nous a conduits dans un bâtiment, on a enregistré nos noms, etc. Nous avons remis nos vêtements et nos chaussures, nous avons passé des galoches en plastique qui sentaient le chlore, des manteaux de travail rigides comme des planches qu'on portait à même les sous-vêtements. Maintenant, nous étions reconnaissables. La troupe des nouveaux burakumin.

– Burakumin ?

– Les burakumin touchent ce que personne d'autre ne veut toucher. Les morts, la viande crue. Eux non plus n'ont aucun droit, ils sont en dessous du perceptible. On nous a demandé d'aller encore une fois aux toilettes. Ensuite, il n'y aurait plus de possibilités. C'est ainsi que nous avons avancé à tâtons dans de longs couloirs, en direction de l'entrée du réacteur. Là, on nous a fourni des costumes de protection. Certains ont aussi reçu des masques.

– On vous a donné des explications ? Une formation ?

– Non, aucune explication.

– Comment est-ce possible ?

– L'un des ouvriers qui venaient ici pour la première fois a dit d'une voix effrayée : "Je crois que c'est une centrale nucléaire."

– On ne vous avait rien dit auparavant ?

– Juste qu'il s'agirait de travaux de nettoyage. Un jeune, joufflu, il n'avait pas vingt ans, il avait sans doute fichu le camp de chez lui, il a demandé : "Ça n'est pas foutrement dangereux, ici ?" Le contremaître l'a dévisagé et a pointé le doigt vers le haut, vers l'écriteau mentionnant le fabricant du réacteur. Un symbole de la prospérité et de l'ascension du Japon. Nous, nous étions là, respectueux et honteux, la tête levée. Et nous n'avons rien dit. L'entreprise traite bien ses ouvriers. L'entreprise nous traite comme si nous étions ses propres enfants. Nous sommes une grande famille. Jamais l'entreprise ne permettrait que quelqu'un subisse des dommages.

– Je ne suis pas certain de comprendre votre humour.

– Je souhaite très vivement ne plus y avoir recours.

– Ça veut dire que vous avez été embauché par l'exploitant lui-même ?

– Non. Nous avons travaillé pour le sous-traitant d'un sous-traitant. Je crois qu'on en invente de nouveaux chaque jour. »

Nous nous taisons un certain temps. Satoshi paraît fatigué. Je ne le presse pas, je reste là, simplement.

« Nous sommes entrés dans le bâtiment du réacteur 4. C'est déjà un secteur à haute sécurité. Les visages sont enregistrés. Je souriais à la caméra. Avec deux autres, j'ai suivi un contremaître. Nous avions déjà passé nos combinaisons de protection. Nous avons alors mis les masques avec filtres respiratoires et les casques de protection. Le visage est derrière une paroi de verre. Le monde ne sonne plus que sourdement et de loin. Un poisson dans un aquarium. Mon propre souffle devient très bruyant. Je regarde donc autour de moi.

Est-ce réel ? Je ne crois pas. Qu'est-ce que je fais ici, au juste ? Nous avons emprunté l'escalier et le puits à matériaux. Je me suis mis à transpirer. Il fait chaud, chaud, dans ces tenues. Je crois que ce sont les modèles les moins chers.

– Ça doit être accablant.

– Je me sentais très léger. Soudain très léger. Dans cet environnement irréel, entre des machines, des tubes et des astronautes. Avec ces têtes d'insectes. J'avais même le sentiment que je pouvais voler, simplement décoller si je le voulais. Ou au moins, faire des sauts d'un mètre. Comme un homme sur la lune.

– Vous avez purement et simplement désactivé la réalité ?

– D'une pression sur un bouton.

– Elle n'est pas revenue s'imposer à vous ?

– Ils vous donnent un dosimètre. Vous savez bien. Pour mesurer le rayonnement. Alors la réalité, elle vous saute à la figure. Oui. Pour un instant. Mais même là. Qu'est-ce que c'est, après tout ? Un appareil qui piaille avec quelques chiffres dessus. Ça pourrait aussi bien être un jouet, non ?

– Ça me donne la nausée.

– Les règles du jeu sont les suivantes : Premièrement, ne pas poser de questions. Deuxièmement, éteindre l'appareil qui pépie. Moins il donne d'indications, plus longtemps on peut jouer. De toute façon, il est trafiqué. Troisièmement, une fois qu'on a atteint la dose maximale, on sort du jeu. On se retrouve à la rue. Quatrièmement, une fois qu'on a été sorti, on doit reprendre au point de départ. Revenir sous un autre nom. Mais à quoi bon se donner cette peine ? Le mieux, c'est de renoncer tout de suite aux degrés. Cinquièmement, la triche fait partie du jeu. »

Faute de savoir quoi dire, je me tais, en retenant mon souffle.

« Nous sommes entrés dans le silo de sécurité. Pour cela, il faut un sas à air comprimé. La première porte s'ouvre. Le bruit de l'hydraulique. On entre dans le sas intermédiaire. Une capsule lunaire étroite. On ferme les yeux et on respire tranquillement. On attend la compensation de la pression. La porte intérieure s'ouvre. Là, on a atteint une strate supplémentaire. On avance jusqu'au cœur, écorce après écorce. Enfermé dans une poire entourée par des murs de béton de plusieurs mètres dans lesquels a lieu le miracle. Ici, on est en sous-pression. Pour limiter la quantité de rayons qui passe à l'extérieur. Mais c'est en nous, à l'intérieur, que la pression augmente. Nous avons traversé ce paysage scintillant. Tout était en argent, tout était criard. Étriqué. Je n'avais plus guère envie de voler. Plutôt de goutter. Mercure. Ils savaient ce qu'ils comptaient faire de nous. Un autre passage s'est ouvert. Celui du bouclier biologique. C'est un autre manteau de plusieurs mètres d'épaisseur. Du béton avaleur de rayons. Derrière se trouve le cylindre d'acier du cœur du réacteur. Entre les deux, il n'y a qu'un puits sombre et étroit. Le contremaître ne franchissait pas la limite. Il avait des manières. Enfin, de mauvaises manières. Il nous a cédé le passage. Vous voyez ce liquide, là-bas ? Il faut que vous l'épongiez, d'accord ? Une soupape qui a perdu son étanchéité. Elle s'est desséchée sous le bombardement permanent de neutrons, la pression et la fournaise.

– Vous voulez dire que le réacteur était en fonctionnement ?

– Non. Ça serait inconcevable. Une fois par an, il y a une révision. Le réacteur est arrêté. On change les éléments de combustible, on renouvelle les pièces usagées. Les centrales vieillissent. Le matériel est fatigué. Il demande de l'attention. On démonte tout et on réassemble.

– Et c'était justement le cas ?

– Dans les réacteurs 4 et 6. C'est pour ça que nous étions là-bas. Il faut des centaines de personnes pour cela. Le rayonnement est trop élevé pour qu'on reste longtemps. C'est la raison pour laquelle ils font venir des journaliers. Ça serait dommage d'utiliser leurs propres ingénieurs pour cela... Ça serait du gaspillage.

– C'est répugnant.

– Ils viennent nous chercher parce qu'ils savent que personne ne nous réclamera si nous ne rentrons pas à la mais... enfin... Je crois que la plupart... Non, la plupart ne savent pas ce qu'ils font ici. Ou alors ils ne veulent pas le savoir.

– C'est de l'eau froide qui avait coulé ?

– De l'eau contaminée. Oui. Nous sommes donc passés par l'ouverture du bouclier biologique. Je crois qu'on l'appelle comme ça parce que la vie ne peut subsister qu'à l'extérieur. Derrière, ça crache du rayon gamma. Une chambre à vapeur obscure. Quelle température il pouvait faire ? Quarante degrés ? Cinquante ? La désintégration radioactive se poursuit même quand le réacteur ne fonctionne plus. La chaleur continue à être considérable. Nous avons posé une bâche, disposé tous les outils, soigneusement, les uns à côté des autres. Les dosimètres pépiaient nerveusement. J'ai éteint le mien. Je me suis mis à transpirer. Nous avons commencé notre travail. Avec des chiffons. Le liquide. Nous rangions les tissus trempés dans des sacs en plastique. Il n'a pas fallu longtemps pour que je ne voie plus rien. Le verre, devant mes yeux, était embué. L'homme à côté de moi a ôté son masque du visage, il a tenté de respirer. Enfin, c'est ce que j'ai cru deviner. Tout était lointain, derrière des voiles. J'ai été pris de vertige. Je crois que l'homme a ouvert sa combinaison et s'est mis torse nu. Il devait être fou. C'est à ce moment-là que ça a commencé.

– Quoi ?

– Le conteneur sous pression. Il s'est mis à osciller. Comme une cloche de temple. J'ai pensé que ça venait de la cuve. Quelque chose de monstrueux devait se passer à l'intérieur. Je me suis dit : Maintenant, c'est hors de contrôle. Quelque chose a explosé. Je me suis dit : Ce sont certainement des ondes de choc. Que tout le bâtiment allait s'effondrer. Non, au fond, je ne me disais plus rien. Je me suis faufilé par l'ouverture du bouclier biologique. Une mission presque impossible. Dans ces circonstances. Je rampais. Le gémissement et les cris des machines. Des milliers et des milliers de surfaces métalliques qui s'affûtent les unes les autres dans un bruit strident. Le vacarme des éléments de fer détachés, les grilles, les chaînes. Des alarmes se sont déclenchées. J'ai ôté mon masque. Je me suis tenu à une main courante. J'ai tenté de rester calme. Je me disais : C'est un tremblement de terre, juste un tremblement de terre. Ça va s'arrêter. Sortir d'ici ! Toutes les ouvertures s'étaient refermées automatiquement. Une pure mesure de sécurité. Magnifique. J'ai trouvé une écluse d'urgence, pour une seule personne. De la taille d'un cercueil. Pendant un moment... je suis resté allongé là-dedans, en me demandant : Est-ce que ça va se rouvrir un jour ? J'ai fini par sortir. L'air froid. Sur la peau, comme un bain trop chaud. Les ouvriers se sont rassemblés devant le bâtiment. Il y avait eu deux blessés. L'un d'eux était tombé dans un petit puits. Une machine mal accrochée s'était effondrée sur un autre. Fracture ouverte de la jambe. Le genou en miettes. Des éclats d'os dans la chair. J'ai tenu la main de cet homme. "Ça va aller. J'attends ici avec vous jusqu'à ce que les infirmiers arrivent." L'alerte au tsunami a retenti dans les haut-parleurs. Évacuer tous les bâtiments et se rendre sur la hauteur. Des hordes d'ouvriers qui ont suivi l'appel en grognant.

– Pourquoi en grognant ?

– Les réacteurs étaient construits dix mètres au-dessus de la mer. Aucun tsunami au monde ne les atteindrait jamais. Il aurait fallu qu'il tombe du ciel.

– C'est ce que vous pensiez ?

– Personne n'imaginait qu'il puisse en être autrement.

– Allons...

– J'attendais avec l'homme à la jambe broyée. Un ingénieur. Il luttait. Maîtrise de soi. Surtout ne pas montrer la douleur. Je m'efforçais de le distraire, de nouer une conversation. La douleur doit être maintenue à la marge, elle ne doit pas atteindre le centre. C'est ce que j'ai appris au fil des ans. Quand elle arrive au centre, on est perdu. Je ne sais pas pourquoi, mais nous avons parlé nourriture. Cet homme était un fin gourmet. Il aimait la viande de bœuf Murasawa. Il m'a dit : "Je mourrais pour du bœuf Murasawa." Ce n'était pas seulement un goût. Plutôt une sensation sur la langue. Le moelleux. Le marbré de la viande. On donnait de la bière à boire aux bœufs, des litres de bière, versés directement à la bouteille. On les massait. Huit heures par jour. Tendres comme nulle part ailleurs dans le monde. Chaque fois qu'il s'arrêtait, je reposais une question, si bien que le flot de paroles ne cessait jamais. J'ai quitté ma tenue de protection. Je l'ai enroulée et je m'en suis servi pour lui faire un garrot à la cuisse. Je me suis retrouvé là, en sous-vêtements, un casque sur la tête, le masque autour du cou. Le principal, disait-il, c'est la confiance. Les animaux sont forcés d'avoir confiance. C'est ça qui donne le goût, la confiance, jusqu'à l'abattoir. Les infirmiers sont enfin arrivés, avec une ambulance. Ils l'ont emporté. Ils m'ont donné une couverture. Je m'y suis enveloppé. Et je me suis mis en chemin, à pied. »

Satoshi me dévisage. Avec une immense chaleur qui me laisse pantois. Je dissimule mes sentiments, je lui tends en vitesse un verre d'eau. Il la boit avec avidité.

« Quarante minutes, peut-être, s'étaient écoulées depuis le tremblement de terre. Il n'y avait plus personne dans la zone. Je longeais un bâtiment situé derrière les réacteurs quand je l'ai entendu. Un étrange grondement. Un mugissement. Je me suis retourné, j'ai regardé la mer. Elle était d'un noir profond. De l'encre, me suis-je dit. Une mer d'encre. Ou du goudron. Elle s'est cabrée. Plus haut. Plus haut. Puis elle est arrivée, ténébreuse, mugissante, une masse monstrueuse. Du limon. Et au-dessus, des nuages d'écume. "Un tsunami !" a crié un ouvrier à l'entrée du bâtiment. Je me suis mis à courir. Je me rappelle que je pensais à ces cauchemars dans lesquels je cours pour sauver ma vie, mais où mes jambes, au lieu d'accélérer, se font de plus en plus lentes. Je ne bouge pas d'un millimètre. Je suis paralysé. J'ai fini par atteindre l'entrée du bâtiment. L'ouvrier m'a fait un signe de tête et a disparu je ne sais où à l'intérieur. Haletant, je regardai par la fenêtre. C'était beau. Le noir, l'écume. Le ciel était d'un bleu lumineux. À ce moment seulement, je suis revenu à moi. Il faut que je sorte d'ici ! J'étais dans une sorte de hall – un petit espace intermédiaire doté de deux portes. J'ai couru vers la porte intérieure, mais je l'ai trouvée fermée à clé. Il fallait une carte à puce. Pour s'identifier. Or moi, j'étais un anonyme. J'ai tambouriné contre la porte. J'ai hurlé. L'ouvrier était parti depuis longtemps. J'ai scruté les lieux. Rien. Il n'y avait pas d'issue. L'eau noire a frappé dans un coup de tonnerre... Elle a claqué contre la façade. La porte a tenu bon. Les joints, non, pas les joints. De l'eau est entrée, d'en bas, par les côtés. Puis un claquement, un fracas. La fenêtre. Un jet sombre a jailli dans l'espace. C'était fini. J'ai été ballotté comme par une puissance des ténèbres. Un insecte dans une machine à laver, peut-être. En haut, en bas, à gauche, à droite ? Impossible à savoir. La courroie de mon casque m'étranglait. J'ai ouvert le clip. Je me suis dit : C'est donc ça, se noyer. Midori... Yoko... tout ce que je n'ai pas osé... ce que je n'ai jamais... c'est à ça que j'ai pensé... d'un seul coup... précisément, clairement... c'était là... j'ai du mal à le décrire... des mots... un bonheur démesuré... une ivresse... et du poison en même temps... bilieux et amer... ma femme et ma fille. Elles riaient... elles me regardaient d'un air radieux. On dit... quand on meurt... que toute sa vie défile encore une fois... oui... non... c'est surtout elles que j'ai vues... Midori et Yoko... Ça m'a arraché du sol et retourné. La balle avec laquelle jouaient je ne sais quels dieux idiots. J'avais avalé l'eau. C'était fini... la mort a un goût... et une couleur... mais une couleur qui, si l'on a beaucoup de chance... peut-être une fois dans toute une vie... par une nuit polaire, peut-être... quand la lumière se réfracte plusieurs fois... Là, j'ai nagé. J'ai nagé à la surface. Juste en dessous du plafond du sas. À plusieurs mètres au-dessus du fond. L'eau, tranquille. Elle se balançait doucement. Et oui, elle baissait. Elle a commencé à baisser. »

Satoshi se tourne sur le côté et vomit, il rend le petit déjeuner qui, depuis son lit, claque au sol, une odeur qui fait tressaillir l'infirmière. Il plaisante en japonais, insouciant, il rit, il veut se lever, mais elle insiste et il reste donc allongé. Elle nettoie le sol avec une solution âcre.

Pour la première fois, je me sens désemparé. Et je change maladroitement de sujet.

« Comment se fait-il, d'ailleurs, que vous parliez français ?

– Français ? Français... Je crois que... c'était la répugnance de mon père.

– Comment ça ?

– C'était après la guerre. Le Japon n'était plus qu'un vaste champ de ruines. Une dévastation, vous savez ? La honte. La haine de soi. Il s'est trouvé quelques intellectuels pour penser que le mal venait de l'esprit national, c'est-à-dire de la langue japonaise elle-même, que c'était elle, la responsable de la catastrophe. Alors ils ont rêvé de se dépasser eux-mêmes. Ils ont rêvé d'une métamorphose. Avec une nouvelle langue, rationnelle, avec de nouvelles valeurs et de nouveaux concepts, il fallait créer un Japon meilleur. Cette idée n'a sans doute jamais plus lâché mon père. Ça n'a servi à rien. D'ailleurs l'idée n'était pas neuve non plus. Bien au contraire. Qu'est-ce que c'est, l'essence du Japon ? Je crois que c'est l'appropriation de l'ennemi. Son ingestion. Pour le surpasser. Pour faire encore mieux ensuite. *Oitsuke, oikose.* Rattraper, dépasser. Ça s'est passé comme ça pendant un millénaire avec la Chine. Et ça dure depuis cent cinquante ans déjà avec l'Occident. Enfant, j'en ai souffert. Plus tard, je me suis senti attiré par tout ce qui était français. Allez savoir pourquoi.

– C'est étonnant.

– Possible.

– Vous avez donc vécu en France ?

– Mais non ! Je n'y ai jamais mis les pieds. »

J'en restai pantois.

« Et vous, monsieur Jonas ?

– Moi ?

– Le français n'est quand même pas votre langue maternelle ? »

Et comme je ne fais que bredouiller, il reprend :

« On apprend une langue ou bien au sein de sa mère, ou bien à celui de ses amantes. »

Je me sens pris sur le fait. Nous rions.

De quoi ai-je peur ?

« C'est une histoire banale. Je dois vous mettre en garde. Connaissez-vous la honte, Jona-san ? Ou bien faites-vous partie de ceux qui croient que seul l'échec donne sa profondeur à la vie ? D'ailleurs, pourquoi est-ce de ça que je parle ? On devient nu et laid quand on se raconte. Mais quelque chose en vous... m'inspire confiance... »

Je souris, embarrassé. Il continue.

« Nous avons été voisins. Midori et moi. Pendant des années. À Jiyugaoka, un quartier résidentiel tranquille à Tokyo. Elle habitait en face de chez moi. un immeuble simple, à deux étages. Il m'arrivait de la voir à la fenêtre. Le chat y était toujours installé. Avec les plantes. Elle aime les plantes. Des rhododendrons, des érables palmés. Tout ce genre de choses. Les plantes et l'opéra. Le matin je la voyais partir à bicyclette. Tard le soir, quand je revenais chez moi, la lumière était encore allumée chez elle. Je crois qu'elle était toujours seule. Sans un mot. Deux ans. Qu'est-ce qu'il aurait fallu que je dise ? Et un matin, le chat était devant ma porte. Je lui ai versé du lait. C'est comme ça que nous sommes devenus amis. L'animal et moi. Un pelage d'un noir profond et luisant. Un être élégant. Sa patte arrière gauche était estropiée. Un accident ? Je ne sais pas. C'était une soirée d'hiver. Un novembre gris. Le chat miaulait et grattait à ma porte. J'ai ouvert. Qu'est-ce qui se passe ? Et déjà, il descendait l'escalier en courant, il a tourné sa petite tête dans ma direction et a attendu. Qu'est-ce que tu veux, petit chat ? Je l'ai donc suivi. Dans la rue. Jusqu'à l'appartement d'en face. Et maintenant ? Il a miaulé. Il a recommencé à gratter à la porte. La belle affaire. J'ai donc frappé. Le chat a pointé les oreilles. Le silence était complet. Je suis redescendu dans la rue. Il y avait de la lumière à l'intérieur. J'aurais mieux fait de ficher le camp. Je suis remonté. J'ai frappé à la porte. Il y a quelqu'un ? Midori a ouvert. Blanche comme de la craie. Elle avait une forte fièvre. J'ai couru chez le pharmacien. J'ai préparé du thé, du riz, de la soupe. C'est comme ça que nous avons fait connaissance. Midori. De près, elle était encore plus belle. Pas comme vous le pensez, Jona-san. Elle est différente. Ses yeux... Mais bon, je me rends ridicule.

– Pas du tout.

– C'était quelques mois plus tard. Elle a dit : “Épouse-moi !” J'ai eu peur. “Quoi ?” Elle a dit : “Épouse-moi !” Alors j'ai pris la fuite. Un avion pour Hokkaidō, dans le nord. Aussi loin que possible. Me cacher. Réfléchir. Je savais que je la blessais en agissant ainsi. Je me maudissais. Peur grotesque. Idiot. Tas de merde. Comment pourrai-je jamais... Comment puis-je satisfaire cette femme ? Qui suis-je donc ? Une fois qu'elle me verra tel que je suis. Sa déception va être grande. C'est ce que je pensais. Je me suis dit : J'y survivrai. C'est irrationnel. Vous comprenez ? On peut comprendre ça ? Je suis revenu au bout de quelques jours. J'ai frappé à sa porte. À l'intérieur, un opéra de Puccini mugissait. Elle était assise sur le canapé, les yeux enflés. J'ai dit : "Je ne comprends rien à l'amour et à ce genre de choses. Tu gagnes un peu plus que moi." Elle a dit : "Espèce de crétin !" Et elle m'a embrassé. Elle a dit : "Mais je ne veux que toi." Alors nous avons pleuré ensemble. Et ri. Ses parents ont dit : "Qu'est-ce que tu veux faire avec un type comme ça ? Il est trop vieux pour toi." Mais j'avais un atout. Mon emploi. Je gagnais bien ma vie. J'ai dit : "Je peux nourrir une famille. J'aime votre fille." J'ai donné le nom de l'entreprise. Ça a impressionné. Ils ont donné leur accord : "Nous voulons que tu sois heureuse, jeune fille." Nous nous sommes donc mariés. C'était comme un rêve. Chaque matin, de nouveau, je m'éveillais... Le bonheur, vous savez ? Midori. Son rire. Un être lumineux. Je n'avais qu'à l'écouter rire. Nous avons voyagé ensemble. Pas en France. À Rome, à Florence, dans le nord, en Angleterre, en Écosse. Notre fille Yoko est venue au monde un an plus tard. Si petite, si fragile, une nouvelle vie. J'étais fier ! Très fier. Fou. De quel droit ? Un sentiment vaniteux. Je n'avais pas fichu le camp, c'était tout. L'enfant était déjà là. Je crois que j'ai hyperventilé. Mon cœur battait trop vite. Mon corps n'était pas à la hauteur d'un bonheur pareil. J'en serais probablement mort peu après. Certainement. Je serais tombé à la renverse, tout simplement. J'aurais étouffé de bonheur. Ça s'est passé autrement. Un coup de tonnerre. Et tout se brise. La belle image. On claque des doigts, et paf ! Ça se disloque. C'était ça, la leçon. N'est-ce pas ce que j'avais attendu ? Le Japon se transforme. Il n'est plus comme autrefois. J'étais un brave ouvrier. Je rentrais rarement à la maison avant minuit. Mais ce n'est plus comme autrefois. Quand la firme était encore tout : La famille. Le cercle d'amis. L'assurance vieillesse. Et surtout la sécurité. L'emploi à vie. Le sens. Tout cela. Mais ce n'est plus comme autrefois. Depuis que la première bulle a éclaté. Dans les années 90. En 2008, ça a touché beaucoup de monde. Les grands patrons honorables dans leurs costumes de luxe. Ils ont fondu en larmes devant les caméras qui tournaient. Ils ont dit : “Cela nous brise le cœur. Cela nous désespère. Nous avons failli à la tâche.” J'ai été convoqué. Chez le DRH. Midori et moi, ça nous a beaucoup énervés. Nous ne parlions plus que de ça, à longueur de journée. J'attendais une promotion. Bushiro-san, si vous continuez à travailler comme ça, vous serez bientôt chef de service. C'est ce qu'ils m'avaient dit. Pas qu'une fois. C'est pour ça que nous avons acheté la maison, à Kamakura. On nous a accordé le crédit sans problème. Ça a été comme un coup de tonnerre. Le soir. Je suis revenu à la maison. Midori avait conduit Yoko chez ses grands-parents. Elle avait acheté des billets de concert. Bach, Mendelssohn. Réservé une table dans un restaurant. Ouvert une bouteille de mousseux. Qu'elle était belle. Je n'ai pas pu le lui dire. J'étais trop lâche. Nous avons donc fêté ma promotion. Je lui ai menti. Dès cet instant, il était trop tard. Tout était scellé. Impardonnable. La maison neuve. Juste en face de la mer. Tout ce dont elle rêvait. Le jardin. Elle venait tout juste de planter des azalées. Ce soir-là, je me disais encore : Demain, je lui dis. Mais le lendemain, je me suis réveillé, comment vous l'expliquer... avec cette faute. Je lui ai menti. Elle ne peut pas me le pardonner. Chaque matin je quittais la maison. Elle croyait que j'allais travailler. Au début, je me rendais à Tokyo, chaque jour, je m'asseyais dans un parc. Candidatures. Refus. Les temps sont durs. Nous sommes désolés. Je calculai pour combien de temps l'argent suffirait encore. Cinq mois ? Quatre ? Et après ? Elle demandait : “Comment est ton nouveau bureau ? Tu as vue sur quoi ? Tes nouveaux collègues ?” J'avais en permanence des douleurs à l'estomac. Elle était très fière de moi. Elle menait grand train. À cause de mon augmentation. Ça allait de soi. Midori n'est pas une vaniteuse. Mais elle a une faiblesse pour les choses qui coûtent cher. Le violon de maître. Une fortune. Peut-être aurait-elle aussi vécu avec moi à l'asile, qui sait ? Nous étions heureux, après tout. La honte. Vous savez ? Je voulais mourir. Juste arrêter de respirer. Un ancien collègue, un ami, Shigeru-san, il s'est pendu. On l'a trouvé nu dans sa chambre. Avec un concombre dans l'anus. Il se balançait. Je n'en ai pas eu le courage. Comme je suis lâche. Quand la vérité est apparue au grand jour, j'ai perdu Midori. Elle était très déçue... déçue... Comme je m'y attendais depuis le... Ne l'avais-je pas prévu ? Une fois qu'elle m'aurait réellement... Et Yoko. Ma Yoko. Mon oiselet. Depuis, je ne l'ai plus revue... Ça remonte à trois ans maintenant... Un père pareil. Il faut éviter une telle honte à un enfant. »

Il y a une touffe de cheveux sur l'oreiller de Satoshi.

« Vos cheveux. Qu'arrive-t-il à vos cheveux ? » Sa peau est rougie. Son visage paraît boursouflé. Je prends sa main par la fente ouverte dans le rideau de plastique. Il la retire.

« Pourquoi vous haïssez-vous autant ?

– Je ne me hais pas.

– Vous vous punissez.

– Je me soumets.

– Ça n'était pas votre faute.

– Ça n'est pas la question.

– C'est quoi, alors, la question ?

– Il faut savoir rester à sa place.

– Et votre enfant ?

– Nul n'est irremplaçable.

– C'est comme ça ?

– On ne doit pas se croire trop important.

– Eh bien, si vous étiez mon père, Satoshi-san, alors...

– Je ne suis quand même pas si vieux non plus ! »

Nous rions.

« Et votre père, Jona-san ?

– Je ne l'ai jamais connu.

– Ça vaut mieux comme ça.

– Possible.

– C'était peut-être un monstre.

– Comme vous ?

– Comme moi. »

Satoshi rit, un rire insouciant. Ses gencives saignent.

Nous entendons des sirènes à l'extérieur. Un hélicoptère. Je regarde par la petite fenêtre devant laquelle pousse un cèdre. Il vacille dans le vent.

Satoshi se tord dans son lit, il s'efforce de distinguer quelque chose.

« Qu'est-ce qui se passe, là, dehors ?

– Vous ne regardez donc pas les informations ?

– Je veux dire : devant la fenêtre.

– Il n'y a rien à voir.

– C'est bien ce que je pensais. »

C'est moi, alors, qui me mets à raconter.

« J'ai pris une voiture de location pour aller sur la côte. Enfin, autant que possible. J'ai acheté vingt rouleaux de pellicule. Je voulais seulement prendre des photos, rien de plus. Et vous savez quoi ? Le pire, c'est l'odeur. Elle, elle n'apparaît sur aucune photo. L'eau salée et l'essence. Et quelque chose de suave. J'ai d'abord pensé au poisson, mais ça n'était pas du poisson. La puanteur vous colle à la peau comme une couche d'huile, impossible de s'en débarrasser en se lavant. La puanteur de la putréfaction, je veux dire. Combien de corps sont enfouis sous les gravats ? Et puis y avait les bruits. Eux non plus n'apparaissent pas sur l'image. Ce paysage d'objets cassés, de bateaux de pêcheur ancrés aux étages supérieurs des bâtiments ou sur des toits, de voitures élégamment suspendues à des arbres et d'autres coincées sans cérémonie dans des salles de séjour. Et au-dessus de tout cela, un vent fort et glacé qui faisait cliquer et trembler le paysage sans interruption. Le vent faisait sonner la zone de la mort. Une musique inquiétante.

– Je crois que je peux l'entendre.

– Vous vous l'imaginez.

– Non, écoutez donc.

– Je n'entends que les sirènes.

– Vous savez comment on dit paysage en japonais, Jona-san ? “Fūkei”, le point de vue du vent.

– Vraiment ? C’est une consolation.

– C’en est une ?

– Elle perd toute rigidité. La terre sur laquelle nous nous déplaçons – un contact fugace de l’air. »

Satoshi grimace et hausse les épaules. Dehors, les sirènes hurlent. Je me demande si Chantal, elle aussi, n’était qu’un point de vue, un paysage dans lequel j’ai été transformé pour un moment, comme sur une photographie pâlie.

J’hésite un instant, puis je désigne le cadre dans lequel nous nous trouvons.

« Pourquoi tout cela ? Pourquoi la quarantaine ? Le rideau de plastique. La désinfection permanente. Pourquoi dois-je porter une blouse jetable, une coiffe, ces gants, ce masque ?

– Tout cela vous va admirablement.

– Oui ?

– Un peu stérile, peut-être. »

Il a un sourire malin. Derrière la barbe blanche : un visage de gamin farceur.

« Vous connaissez l’expression *hibakusha*, Jona-san ?

– Je ne crois pas.

– C’est le nom qu’on donne aux victimes du rayonnement des bombes atomiques. Au Japon, on les a traitées comme des lépreux. Si je puis vous donner un conseil : vous aussi, vous feriez mieux de m’éviter. »

Je reste un moment sans rien dire.

« Vous voulez que je m’en aille ? »

Satoshi penche la tête sur le côté. Et acquiesce.

Je tourne brutalement les talons et je sors de la pièce, je passe devant des blessés, des malades, des vieux entassés les uns contre les autres, je parcours des couloirs, je quitte l’hôpital, je suis dans la rue. Je jette la blouse en papier, la coiffe, les gants et le masque de protection. C'est seulement dans ma chambre d'hôtel que me viennent les larmes.

Lorsque je reviens, Satoshi est parti. La chambre d'hôpital est vide.

« L'homme qui était encore là tout à l'heure, où est-il ? »

Personne ne me comprend.

« Il était ici, dans cette chambre ! Où l'a-t-on emmené ? »

Personne ne veut me comprendre.

La pièce vide.

Les murs nus.

Il n'y a pas de fenêtre.

Il n'y avait pas une fenêtre ?

C'est un cachot.

Le corps de Chantal est couché dans un coin, nu et boursouflé.

Je crie.

Puis je me réveille. Je me tiens sur une chaise inconfortable, j'ai à moitié glissé au sol. Le lit de Satoshi est vide. On l'a emmené pour des examens.

Quand il revient, il paraît faible.

« Vous êtes encore là, Jona-san.

– Je suis encore là. »

On porte une machine dans la pièce et on l'installe sous la tente stérile de Satoshi. Elle filtre les virus, les spores de champignon et les bactéries qui se trouvent dans l'air.

« Une couveuse. Je suis revenu dans une couveuse. »

Il répète ces mots à plusieurs reprises.

Puis il reprend :

« Un jour, ma mère m'a raconté ma naissance. Je suis arrivé beaucoup trop tôt. Elle se disputait avec mon père. J'en ai eu assez. Je voulais sortir. »

Il rit.

« J'ai passé plusieurs semaines en couveuse. La boucle se referme. Les médecins disent qu'il me faut un système immunitaire. La vie, c'est la durée du système immunitaire. Quand on n'en a pas, c'est terminé. Il faut pouvoir se défendre. Alors je suis ici, dans la couveuse. Sans défense. Ils ont trouvé un donneur dans je ne sais quelle banque de données. Un jumeau génétique. Ils disent que ça frôle le miracle. Où est ce donneur ? Au Japon ? En Allemagne ? En Afrique du Sud ? En Sibérie ? Un homme ou une femme ? A-t-il des enfants ? Est-il heureux ? Une transplantation hématopoïétique de cellules souches. Vous avez déjà entendu une chose pareille ? Non, pas de poésie. Mon ADN est bon pour la casse, maintenant. Mais après tout, au moins ça fera de la ferraille ! En morceaux, en vrac. Regardez-moi, Jona-san. Un corps sans mémoire. Un spectre. Une enveloppe vide. Ce qui vit doit se renouveler en permanence. Les cellules doivent se diviser, se multiplier. Sans interruption. La peau. Les muqueuses, le sang. Chaque seconde. Si le code disparaît, tout s'immobilise. Le corps a oublié ce qu'il est. Le *blueprint* a été effacé. Et la dégradation commence immédiatement. Dans un premier temps, on ne le voit pas. Ce qui était subsiste encore un moment. On se dit que tout va bien. En réalité, on pourrit sur pied. »

J'ai le souffle coupé.

« Si l'ADN est seulement déformé, le corps continue à construire. On dégénère. On se transforme en monstre. En une improvisation de chair.

– Comment pouvez-vous dire ça aussi tranquillement ?

– Je voulais tout savoir. J'ai tout demandé aux médecins. Ils ont tenté de se réfugier dans leur jargon. Mais j'ai dit : “Écoutez, il faut que vous me parliez de telle sorte que je puisse comprendre ce que vous dites.”

– Je n'aurais pas ce courage.

– Je me méprise tellement que j'accepte tout.

– Allons !

– Je ne pourrais pas me pendre.

– Pardon ?

– C'est mieux comme ça.
– Vous êtes terrifiant.
– Ou conséquent.
– Tout ça me laisse les bras ballants.
– Pareil pour moi. »

Satoshi a un haut-le-cœur et vomit dans un des sacs en plastique mis à sa disposition. Il le fait comme un enfant conscient de sa faute, puis lève les yeux, hésitant. L'infirmière lui prend le sac et quitte la pièce.

« Vous feriez-vous implanter les gènes d'un inconnu, Jona-san ? »

Puis il s'endort.

Je pense à Chantal. Elle se tait même dans mon souvenir.

Satoshi ne peut plus avaler. Son intestin se vide, liquide, dans le lit. On le met sous perfusion. On lui pose une sonde gastrique avec un tuyau qui passe par le nez. Sa respiration devient faible.

J'exauce son vœu, je passe dans la salle d'à côté, j'y trouve, tel qu'il me l'a décrit, le placard et, dedans, le dictaphone.

« Le grand bouton argenté au milieu. »

Du petit appareil sort une voix d'enfant gaie et excitée. Et le visage de Satoshi, encore terne et inanimé un instant plus tôt, se métamorphose.

« C'est votre fille qu'on entend parler ? »

Il secoue la tête.

« C'est Akio-chan. »

Puis il éclate d'un rire tellement authentique et insouciant que, contaminé, je ne peux m'empêcher de l'imiter. Bien que je ne comprenne pas un mot des histoires que raconte cette petite voix chantante. Satoshi ne tarde pas à s'endormir.

Plus tard, il reprend son récit. Après le tsunami, il est resté dans l'enceinte de la centrale.

« Les sanitaires étaient rouges. Rouges. Il n'y avait pas d'eau pour les rincer. Ma mission était d'apporter les toilettes mobiles. Quand elles étaient pleines, j'en rapportais de nouvelles. Je les empilais les unes sur les autres. Toutes pleines de sang. Les ouvriers urinaient du sang. C'était une vision étrange. Je recouvrais les murs et les sols de feuilles de plastique rose. J'en collais partout. Pour empêcher la contamination ? Pour recouvrir le sang ? Je ne sais pas. Je n'ai pas posé la question. Un monde en rose et rouge. Comme dans le conte. Parfois je ne pouvais pas m'empêcher de vomir. Des maquereaux en boîte. Ça puait effroyablement.

– On dirait un cauchemar.

– Le travail m'a tranquillisé.

– Pourquoi étiez-vous resté dans l'enceinte ?

– On disait qu'ils paieraient 200 000 yens. Par jour. Pour ceux qui resteraient. Presque tout le monde a fichu le camp. Les inspecteurs de sécurité en premier.

– 200 000 yens ? Ça fait 1 800 euros ! Par jour ?

– Je voulais remettre le monde en équilibre.

– Le monde ?

– Rembourser ma dette. Je me disais : Il suffirait que tu tiennes quelques semaines, Satoshi, juste quelques semaines, et tu pourras peut-être laisser quelques millions de yens en héritage à ta fille. Tu n'aurais plus à ressentir cette honte.

– J'ai la nausée.

– Chaque mois, j'ai envoyé quelque chose. Pendant toutes ces années.

– Vous voulez dire : alors que vous étiez dans la rue ?

– Quand on est à la cloche, on n'a besoin de presque rien. Juste un peu pour les chats.

– Et vous avez aussi écrit à votre fille ?

– Personne ne sait où je suis, ce que je fais. Et c'est bien comme ça.

– Allons...

– J'ai donc falsifié mon livret d'exposition aux rayons. Je suis allé voir le directeur et je lui ai dit : "Je suis à zéro charge. Je veux travailler." C'était un homme vulgaire. Il a regardé le livret et il s'est mis à rire. Puis il a dit : "J'ai besoin de gens comme toi, qui peuvent y passer." J'ai donc signé. Renoncement à toute plainte. Renoncement à mes droits. Confidentialité absolue. Rien ne doit sortir.

– Mais enfin ça ne peut pas être vrai !

– C'est vrai.

– Et malgré tout, maintenant, vous le racontez ? »

Satoshi sourit.

Je ne repose pas la question.

« Il n'y avait pas d'informations. Le chaos régnait. Je crois que personne ne savait ce qui s'était passé. En tout cas pas ce qu'il fallait faire. Imaginez un avion. En chute libre. Tous les instruments du cockpit sont tombés en panne. Les pilotes, des clowns inutiles. Ils appuient sur des boutons, actionnent des manettes. Ils fouillent dans les manuels et trouvent les articles *inconcevable* ou *sans précédent, impact* ou *espoir*. Certains se sont mis à prier. Ça ne pouvait pas faire de mal. Il fallait trouver des batteries. Des batteries automobiles. De camions, de préférence. Et brancher les instruments dessus. Ça n'est pas drôle ? Une gigantesque centrale nucléaire qui pourrait alimenter toute une grande ville en électricité. Six réacteurs. Et pas d'énergie. Étonnant, non ? Si rien ne refroidit plus les barres de combustibles, tout est perdu. Vous avez déjà entendu parler du syndrome chinois ? Les Américains ont appelé ça comme ça. Si les barres fondent, la scorie radioactive traverse les conteneurs de sécurité et pénètre dans la terre, sur quelques mètres, quelques kilomètres, de plus en plus profondément, elle se fraie un chemin à travers toute la planète, traverse le centre et ressort en Chine. Une fable horrifique. Il y avait encore quelques centaines d'ouvriers dans l'enceinte. De TEPCO, de sous-traitants. Pratiquement pas coordonnés. Anxieux. Frustrés. La plupart traînaient là, inutiles. J'étais soulagé quand on m'a donné du travail. Il s'agissait de déblayer les décombres sur les voies de communication. Le réacteur 1 devait être refroidi avec un camion de pompiers pour éviter le pire. Mais il n'y avait pas de passage. J'ai enfilé la tenue de protection et j'ai déplacé des gravats. Dans le noir. C'était une très belle nuit. Des milliers d'étoiles. J'ai vu plusieurs étoiles filantes. J'ai peut-être aussi eu des hallucinations. Le masque était tellement serré. J'étais dans un étau. Maux de tête. Il y avait des répliques tout le temps. Rares étaient les ouvriers équipés de dosimètres. Quelqu'un m'a fait comprendre que le rayonnement, devant le bâtiment du réacteur, était à un niveau dangereusement élevé. Et qu'il n'arrêtait pas de monter. Je m'en fichais.

– Mais c'est de la folie !

– J'ai dégagé les décombres pendant neuf heures. Sans pause. Tout mon corps me faisait mal. Je me suis dit : Je n'y survivrai pas deux jours. Au petit matin, peu avant que le Premier ministre arrive avec son hélicoptère, un minibus nous a conduits dans un foyer, non loin de là. Je me suis endormi sans prendre de bain. L'après-midi nous sommes revenus. Notre bus s'est arrêté sur le parking, devant le bâtiment antisismique. Nous venions tout juste de descendre. Il y a eu une explosion. Assourdissante. Je suis tombé. Puis je n'ai plus entendu qu'un bourdonnement. L'air s'est teinté de gris. De brun. Était-ce de la fumée ? De la poussière ? Il pleuvait. Des boulons, des morceaux de métal, des mottes jaunes comme du coton. Je crois que les gens criaient. Ils cherchaient à se mettre à l'abri. Certains sont entrés dans des voitures dont les portes n'étaient pas verrouillées. J'ai voulu partir en courant. Mais je n'ai pas pu. Mes genoux ont flanché. Comme si mes muscles s'étaient détachés de mes os. Je me suis dit : Je n'ai pas peur. Mais mon corps a peur. Quelqu'un m'a attrapé et m'a tiré en arrière dans le bus. Je ne voyais presque rien. Il y avait de la fumée partout. Pas de ciel. Nous attendions. Un ouvrier était assis à côté de moi. Il était défiguré. Par la peur.

À un moment, nous avons couru dans le bâtiment. La porte d'acier était en vrac. Les fenêtres, cassées. À cause de l'onde de choc. Quelqu'un a crié : "Ça a explosé ! Ça a sauté !" C'était comme un hôpital militaire de campagne. Il y avait partout des hommes allongés. Quelques-uns grièvement blessés. Une poignée de soldats prodiguaient les premiers secours. Ils pansaient les blessures avec de la ficelle et du carton.

– Ça ressemble à la guerre.

– Oui.

– C'est le bâtiment du réacteur numéro 1 qui avait explosé ?

– Le toit. Oui. C'était une ruine.

– Et vous êtes resté malgré tout ?

– Naturellement.

– Vous vouliez être un héros ?

– J'étais assis là, dans ce chaos, entre les blessés, j'étais assis là et je me demandais : Qu'est-ce que je fais maintenant ? Qu'est-ce que je fais maintenant ? Est-ce que je dois ficher le camp ? Et ensuite ? C'est à ce moment-là que je l'ai remarqué.

– Quoi ?

– J'avais une érection.

– Vous êtes sérieux ?

– Mon corps était peut-être dans la confusion. »

Je me tais.

« Des héros ? Non. Pas des héros. Des nains. Comme des enfants qui se tiennent devant une maison en flammes et approchent avec leurs petits jouets en forme d'arrosoir. Oui des enfants pendant la guerre, qui collent désespérément sur la plaie ouverte de leur père qui perd son sang un pansement en couleur. Ce désarroi total. Comme si le réacteur capricieux jouait avec nous, les mortels. Des hélicoptères qui puisent de l'eau dans la mer et la déversent au petit bonheur la chance sur les bassins de stockage. Des pompes à incendie qui, crédules, injectent de l'eau dans les réacteurs. Ça n'est pas drôle ?

– Je connais quelqu'un qui partagerait votre humour.

– Vraiment ? Ça doit être une personne épouvantable. »

Nous rions. Cela me soulage.

« Vous avez l'air épuisé, Satoshi-san.

– Allons donc ! »

Puis il s'endort.

Plus tard, Satoshi me dévisage.

« Vous avez l'air maussade, aujourd'hui, Jona-san. Qu'est-ce qui vous arrive ?

– Tout va bien.

– Allons, je le vois bien.

– Rien d'inquiétant.

– Eh bien, dites !

– Quoi ?

– Qu'est-ce que vous avez sur le cœur, Jona-san ?

– Rien.

– Allons donc. »

Et je lui parle de Chantal. C'est comme je le craignais. Une fois déclenchés, les mots ne s'arrêtent plus. Et avec les mots, les sentiments. La douleur brute, accumulée. Comme un animal. Jusqu'à la détresse respiratoire. Et tandis que je suis encore en train de dégoiser, il demande :

« Et si vous lui écriviez une lettre ?

– Mais je ne sais pas où elle se trouve.

– Comme on jette une bouteille à la mer. »

Je me sèche les joues.

« Les lettres sans adresse ne sont pas mises de côté par la Poste ?

– Elles sont peut-être ouvertes par un fonctionnaire solitaire qui les collectionne dans un petit placard bleu, dans ses toilettes, et les trie selon leur sujet et leur couleur.

– Ou alors elles font le tour du monde, d'un pays à l'autre, éternellement en quête de leur destinataire. »

Nous rions. J'observe les petites rides sur le visage de Satoshi.

« Elle s'appelle Blanchard ?

– Chantal Blanchard.

– Un curieux hasard.

– Oui ?

– Vous savez, j'ai un vieux livre. D'une Blanchard. Un héritage familial. Mon père me l'a offert dans le temps.

– Vraiment ? Je pense que ce nom n'est pas très fréquent.

– C'est possible. »

Les prises de sang hystériques, la pose d'aiguilles, les biopsies, les radios, les IRM, la surveillance totale du corps. Ce siège me donne le vertige. Mais c'est surtout la transformation à laquelle j'assiste qui me fait peur. Je n'ose pas lui demander si je peux le photographier.

L'infirmière vient le laver. Je me lève et me tourne vers la porte, mais il me fait savoir que je peux rester. C'est un rituel rodé et silencieux. Chaque emprise sur le corps, chaque passage de la serviette humide, chaque partie du corps découverte et couverte suit un plan précis, comme une chorégraphie précise et stérilisée. Son bas-ventre est marqué par un enflement qui ne paraît pas naturel. Tandis que l'infirmière ôte la merde, une bouillie étrangement inodore, Satoshi a une érection. On introduit une sorte de cathéter intestinal et son sexe ramollit. Quand on la sèche, la peau se détache çà et là. Sur l'épaule, sur le bras. Dessous, il n'y a que de la chair qui suinte.

« On veut me forcer.

– Qui veut vous forcer ? À quoi ?

– À vivre.

– Ça, personne n'en est capable, Satoshi-san.

– Non ?

– Mais je vous convaincrais volontiers.

– Ce qu'aimerait un clodo cradingue n'a aucune importance.

– Pourquoi dites-vous cela ?

– Mon corps ne m'appartient plus.

– À qui, alors ? »

Les deux hommes entrent dans la pièce comme d'inquiétants Arlequins, la blouse turquoise nouée au-dessus de leur tenue sombre, les chaussons en plastique sur leurs chaussures de cuir lustrées, la petite coiffe de grand-mère sur les cheveux gominés. Le premier est une montagne de muscles, le second est petit et maigre. Un couple étrange.

« *Shitsurei shimasu.* »

Une petite courbette. Puis ils s'installent dans un coin de la chambre et croisent les bras devant la poitrine. Quelque chose d'aussi ridicule peut-il réellement être une menace ?

« Dois-je raconter à nos visiteurs que vous êtes mon amante, Jona-san. Qu'est-ce que vous en pensez ? » demande Satoshi.

J'en reste ahuri.

Il éclate d'un rire clair.

« Vous pourriez être une femme, non ?

– Ça se voit tant que ça ?

– Vous connaissez la revue *Takarazuka*, Jona-san ? »

Je secoue la tête.

« Abra ne vous en a pas parlé ? Ça m'étonne. Elle en était folle. C'est un théâtre musical près d'Ōsaka. Très vieux, très célèbre. Tous les rôles sont joués par des femmes. Y compris les rôles d'hommes. Les comédiennes sont des popstars. Des objets de culte. On les vénère comme les hommes idéaux parce qu'elles n'en sont pas. Des milliers de femmes japonaises les adulent. Abra aussi. Singulier, n'est-ce pas ? Elle avait un rang élevé dans un fan-club. D'Asami Hikaru, je crois. Elle n'a jamais manqué une représentation. Quand la star d'Abra a pris sa retraite, elle s'est mise à pleurer comme une gamine et m'a expliqué qu'elle n'avait plus aucune raison de continuer à vivre. Chaque jour elle prenait le train pour aller voir le spectacle. Avec le fan-club. Pour chanter et pour pleurer. J'étais certain qu'elle vous en avait parlé. Abra aime en effet ce que nous appelons au Japon les *bishōnen* : les jolis gosses. »

Je me demande où se trouve Abra aujourd'hui. Sans elle, je ne serais pas ici.

« Qui sont ces deux hommes ? demandé-je à Satoshi.

– Qu'est-ce qu'une petite vie face aux intérêts de tout un État ? »

Il dit cela d'un ton taquin.

« Qu'est-ce que ça veut dire ?

– Vous savez, Jona-san, le Japon a déjà mené des guerres effroyables pour les ressources. Maintenant, il a l'énergie nucléaire. Pour assouvir sa faim insatiable d'énergie. Pour se croire indépendant. Pour être tout en haut. Tout en haut. Alors mon histoire tombe mal. »

Je m'installe dans la voiture de location, je roule jusqu'à la côte en dépit de tous les barrages routiers et je prends des photos insignifiantes. Qu'est-ce qui me fascine dans la destruction ? J'ai une addiction à ce qui est brisé. C'est maladif. Je trouve une ville qui n'en est plus une, mais une mer de drapeaux. Elle est pleine de fanions aux couleurs vives et me rappelle le Tibet. Je pleure. Une fausse couche. Quelque chose s'échappe de moi. Et bientôt, de nouveau, je me sens d'une légèreté singulière à la vue de ces couleurs. Le battement des drapeaux donne une impression d'insouciance. Et le champ de ruines, orné de cette façon, a quelque chose de consolateur. Plus tard, un vieil homme m'expliquera en anglais de quoi il s'agit. Un drapeau vert signifie : Laissez tout en place ! Le jaune indique : Même si tout disparaît autour, cette maison-là doit rester. Et le drapeau rouge est le signe de la capitulation. Elle est le sauf-conduit accordé aux pelleteuses qui vont tout broyer. Lui-même se tient sur un tas indistinct en haut duquel il hisse son drapeau. Il est rouge. La manière dont il le fait n'a rien d'héroïque, c'est presque tendre.

Je sais qu'il y a une certaine violence dans le fait de prendre des photos. Une culpabilité que je ressens. On cause une blessure à celui qu'on reproduit, mais aussi à celui qui voit l'image. Et à soi-même aussi, naturellement. On le sait. Et malgré tout on appuie sur le déclencheur. Plus tard, l'observateur reste à l'extérieur. Il voit la souffrance, mais ne peut pas l'apaiser. Il ne peut pas entrer dans les images. Il ne peut pas prendre dans ses bras celui qui pleure sur la photo ni tendre un verre d'eau à celui qui a soif. Pourquoi est-ce que je prends des photos ? Cela remonte à quelques années, Chantal a attrapé le dictionnaire étymologique qu'elle m'avait offert, l'a ouvert et m'a fait la lecture : photographie. En grec ancien, *phós* signifie lumière, et *graphein* veut dire peindre. Ça ne ressemble pas à de la violence. Cela ressemble à de la perversion. Certainement pas. Non. Je me suis promis de ne plus penser à Chantal.

Quand je reviens, j'entends de nouveau la petite voix chantante sur le dictaphone. Je surprends les deux Arlequins, dans le coin, à glousser avec retenue.

À un moment, Satoshi ouvre les yeux et me regarde.

« Cela fait combien de temps que nous parlons, Jona-san ? Des jours ? Des semaines ?

– Cela fait trois mois, maintenant.

– Trois mois ?

– Ou trois ans ?

– Qu'est-ce qui se passe, dehors ?

– Je ne le sais pas. »

« C'était le troisième jour. Ou bien le quatrième ? Aucun d'entre nous ne savait ce qui se passait vraiment. On disait que Naoto Kan travaillait déjà à l'évacuation de Tokyo. Trente-cinq millions de personnes ? Trente-six ? Dans le pire des cas, il faudrait abandonner tout l'est du Japon. Certains écrivaient des lettres d'adieux. Des excuses pour leur comportement lamentable. La radioactivité augmentait. Il fallait injecter de l'eau pour refroidir les réacteurs. Il fallait aussi rétablir l'approvisionnement en électricité. Réparer des tuyaux. Poser des câbles. Des générateurs. Faire le plein de diesel dans les pompes à incendie. La citerne avait un pneu éclaté. Trouver une roue de secours et un cric. Des outils. La sueur dans les tenues de protection. Je suffoquais. Sous le masque. Comme maintenant. Pas d'air. Et puis je comprenais à peine ce que me disait l'homme à côté de moi. La radioactivité n'arrêtait pas de monter. Un ouvrier a fait une apoplexie. Je portais des machines au réacteur numéro 3. Sept heures. Huit. Par pièce. La soif était une torture. Et le vertige. C'est alors que je les ai vus. Comme en rêve. Je rêvais forcément, c'est sûr. C'étaient deux enfants. Dans des vêtements trop grands pour eux. Sans masque, sans la moindre protection. Un garçon et une fillette, minuscule. Elle avait à peine trois ans, quatre au maximum. Je me suis dit : Yoko ! Est-ce ma petite Yoko ? Délires. Alors, ils ont disparu. Dans le bâtiment du réacteur, derrière un groupe d'ouvriers. Je me suis mis à courir. Yoko, ma petite. Était-ce de nouveau l'un de mes cauchemars ? J'ai couru. J'avais déjà vécu ça. Cette fois, je m'en sortirais. Cette fois. Yoko, fais attention ! La grande porte était verrouillée. J'ai tapé dessus. J'ai martelé. Si fort que ma tenue de protection s'est déchirée. Alors un ouvrier a ouvert de l'intérieur. Plus loin ! Dans les galeries. Hoho ? Il faisait nuit noire là-dedans. Où êtes-vous, les enfants ? Plus loin, plus loin ! C'est alors que je les ai trouvés. Mais qu'est-ce que c'est que cette histoire ? Vous avez perdu la raison ? Le bâtiment va exploser d'un moment à l'autre ! Une petite bobine maligne. Akio, mon petit bonhomme d'ami. Il a parlé d'un iguane. Drôle de rêve. Qui cherchez-vous ? Votre père ? Il y avait là une armoire de secours. Je les ai mis tous les deux dans une combinaison Tyvek. C'était absurde. Évidemment. Des masques. Tout de même. Je les ai pris dans mes bras et je suis parti. Aussi vite que possible. La petite fille avait une forte fièvre. Directement à la centrale des urgences. Le garçon poussait des cris épouvantables. C'était à peine supportable. Je lui ai promis de trouver son iguane. »

À cet instant, la respiration de Satoshi s'arrête.

Il étouffe ? Est-ce qu'il est en train d'étouffer ? Je suis en nage. J'appelle l'infirmière. Un médecin se précipite dans la chambre, puis un autre encore, avec un appareil respiratoire, et lui presse le masque sur le visage. Je reste un certain temps, les yeux immobiles, puis je me retourne, hébété, je titube, je quitte la pièce, j'ôte mon masque, je jette mes gants en caoutchouc, je m'effondre dans le couloir, je m'appuie contre le mur. Une légion de médecins arrive en courant, des infirmiers à leur suite, armés d'appareils et d'instruments. J'entends des cris. Satoshi hurle en français, je ne sais pas où il trouve l'air.

« Je ne suis plus un humain ! Je ne suis pas un humain ! »

Quand, stérile de la tête aux pieds, j'entre de nouveau dans la pièce, un tuyau mène à la bouche de Satoshi. Les larmes me montent instantanément aux yeux. Avec des germes potentiellement mortels. Il ne pourra plus parler. Je pense : Il ne pourra plus parler. Le tuyau de la sonde gastrique à travers le nez, le tuyau de la sonde respiratoire par la bouche, la perfusion de médicaments, le cathéter intestinal, l'électrocardiogramme permanent. Satoshi-san ? Où êtes-vous ? Les sédatifs le plongent dans un profond sommeil. Son visage est méconnaissable, on dirait qu'il est tombé dans un nid de guêpes. Il n'a plus un seul cheveu. Les médecins ont du mal à poser les perfusions. Chaque pansement qu'on remplace arrache la peau qu'il protège. On n'arrive pratiquement plus à stopper les hémorragies. Je reste longtemps là à observer sa main boursouflée. Les couleurs : violet, rouge foncé, jaune. Je ne peux m'empêcher de penser : Comme une feuille en automne. Il fane. Viande crue. Tout suinte.

« Tu vas y arriver, Satoshi-san. Ça va revenir. »

Assis dans un coin, les Arlequins somnolent. Je m'approche de la fenêtre et je regarde le cèdre qui vacille dans le vent. Une équipe de télévision se trouve devant l'hôpital. Trois costauds de la sécurité la chassent. Il y a un cerisier en pleine floraison.

Parfois il se réveille. Il réagit. En hochant la tête et en clignant les yeux. Il est parfaitement conscient.

Une idée me vient donc. Nous inventons un code. Un mouvement circulaire de la tête signifie : j'ai une question. Les sourcils soulevés : une demande. Nous découpons l'alphabet en cinq segments. Le clignement de l'œil gauche indique le segment de la lettre suivante. Celui de l'œil droit, son emplacement dans ce segment. Du morse. Une écriture silencieuse et intime. Nous nous regardons dans les yeux. Des yeux bruns, tranquilles. Je crois parfois ne jamais avoir été aussi proche d'un être humain. De temps en temps, seulement, il se détourne. Et je comprends. Nous apprenons vite. Le visage de Satoshi est un paysage. Il dissimule bien plus mal les sentiments que ne le fait la voix. Le moindre frémissement, la moindre ride, tout devient un signe pour moi. Entre tout cela courent les tuyaux.

Je ne sais pas pourquoi. J'éprouve de la gratitude. Tout est très chaud.

La plupart du temps, il dort. Analgésiques. Sédatifs. Onguents antibiotiques.

Dans le lit se collectent les sécrétions. Tout suinte. Il perd du liquide, par litres entiers. L'estomac et l'intestin n'absorbent plus de nourriture. On l'enveloppe dans des bandages et des gazes. C'est une momie.

Les médecins veulent lui transplanter une peau cultivée en laboratoire. Elle est censée le protéger. Satoshi demande :

« De quoi ? »

Il m'épelle un mot : « *Kintsugi.* »

« *Kintsugi* ? »

Il hoche la tête.

Au village, une femme m'explique en anglais de quoi il s'agit : d'un concept de la céramique et de la philosophie japonaises. Ce sont les maîtres de thé et les moines zen du Moyen Âge tardif japonais, l'ère Muromachi, qui avaient développé cette notion : la valeur que l'on accorde au manque. On se raconte l'histoire du shōgun Ashikaga Yoshimitsu, qui, sa tasse de thé préférée ayant été cassée, la fit envoyer en Chine pour réparation. Mais lorsqu'il la récupéra, il fut horrifié par les hideuses pinces de fer qui maintenaient la coupe. Il chargea les artistes de sa cour de développer une nouvelle méthode, le *kintsugi*, le mortier à l'or. Au lieu de recouvrir les lignes de fractures, les cicatrices et les failles, on soulignait et l'on exposait celles-ci avec art. On les remplissait avec une laque mélangée à de la poussière d'or. Hasard, patine, intégrité, histoire. Dans le *kintsugi*, ce sont des éléments d'une esthétique de l'imparfait et de l'éphémère. La beauté du brisé.

Lorsque je raconte l'épisode à Satoshi, il m'épelle :

« Colle-moi ! »

Et il rit. C'est un rire sans peau. Avec des tuyaux dans la bouche et dans le nez. Comment ce plaisantin peut-il continuer à faire ses blagues ?

« Que s'est-il passé, Satoshi-san ? »

Il épelle : « Iguane.

– Tu es retourné dans le réacteur ? »

Il hoche la tête.

Je lui demande :

« Tu as peur ? »

Il hoche la tête.

J'aimerais bien le toucher, mais je ne sais pas où.

On apporte le dialyseur.

C'est le nouveau rein.

La tension et la miction sont régulées par des médicaments.

Les yeux ne peuvent plus se fermer.

Ils saignent.

Une pommade jaunâtre remplace les paupières.

C'est la fin de la communication.

La petite voix du dictaphone parle jour et nuit.

J'ai acheté une réserve de piles.

Satoshi ne réagit plus.

Je suis insomniaque.

Le corps se dissout.

La chair se dissout.

Il saigne par la bouche et par l'anus.

Il est entouré de machines, autant d'organes.

Elles bourdonnent, pépient, battent leur mesure arythmique.

Elles vivent.

Les écrans projettent leur lumière froide et vive.
La fenêtre a été couverte de papier adhésif, par sécurité.
Le cœur s'arrête.
Agitation parmi les machines.
Puis elles s'arrêtent à leur tour.

Je sors à l'air libre et le soleil brille comme si de rien n'était.

À la gare de Fukushima, j'entends un gazouillement agité. On dirait que les oiseaux se sont rassemblés sur les toits et sur les poteaux électriques pour tenir conseil ou défier les événements. Ils trillent leur chanson, insouciants. Alors seulement, je comprends que ces sons viennent de haut-parleurs.

Chantal m'a parlé un jour du chant des oiseaux-lyres. Ces volatiles, disait-elle, sont des maîtres de l'imitation. Leur appareil vocal est tellement développé qu'ils peuvent reproduire à la perfection presque tout ce qu'ils entendent : le chant de parade d'autres espèces d'oiseaux, le bruissement des feuilles, les bruits de martèlement et de perçage dans la cage voisine, la tronçonneuse, les détonations.

Au cours des quelques petites minutes où le Shinkansen s'arrête à son terminus avant de reprendre des passagers et de repartir à grande vitesse, l'équipe de nettoyage prend le train d'assaut – un groupe de femmes, en formation, portant les costumes et les bonnets roses, des sacs bourrés d'ustensiles de nettoyage sur les épaules, des balais et des plumeaux dans les mains. Elles se mettent, comme dans les films muets projetés trop vite, à nettoyer ce train qui paraît ne pas avoir de fin. Les restes et les objets oubliés sont ramassés, les poubelles vidées, les jalousies ouvertes, les tables et les sièges dépoussiérés et lustrés, des rangées entières de fauteuils tournent en rond comme sur un manège, les sols sont balayés et briqués jusqu'à ce que, enfin, à peine quelques minutes plus tard, l'une des femmes, sans doute la doyenne, se campe à la sortie de la voiture, sur le quai, pour prendre d'un hochement de tête congé de chaque membre de l'unité de nettoyage rose. Les unes après les autres, les femmes, venant de l'intérieur, se placent dans le cadre de la porte du train et exécutent avec les mains un geste énigmatique en désignant, avec les doigts tendus, une fois l'épaule, à gauche et à droite, puis en bas, vers le sol, peut-être pour indiquer que l'univers tout entier a retrouvé son ordre, puis, encouragées par un hochement de tête de la cheffe, quittent le train et empruntent hâtivement l'escalier roulant qui les mène à leur prochain lieu de travail. Quand elles ont toutes accompli le rituel, la porte du train se ferme et la chef de la troupe de nettoyage adresse un dernier signal en direction de la tête du train avant de s'éloigner à son tour. L'œuvre est accompli. Tout est bien.

COMPOSITION : NORD COMPO À VILLENEUVE-D'ASCQ
IMPRIMÉ EN FRANCE SUR LES PRESSES
DE NORMANDIE ROTO IMPRESSION S.A.S. À LONRAI (2101553)
EN JUILLET 2021